Propuesta de conveniencia

RED GARNIER

Editado por HARLEQUIN IBÉRICA, S.A.
Núñez de Balboa, 56
28001 Madrid

I.S.B.N.: 978-84-9000-433-3
Depósito legal: B-24261-2011
Editor responsable: Luis Pugni
Preimpresión y fotomecánica: M.T. Color & Diseño, S.L.
C/ Colquide, 6 portal 2 - 3º H. 28230 Las Rozas (Madrid)
Impresión en Black print CPI (Barcelona)
Fecha impresion para Argentina: 30.1.12
Distribuidor exclusivo para España: LOGISTA
Distribuidor para México: CODIPLYRSA
Distribuidores para Argentina: interior, BERTRAN, S.A.C. Vélez
Sársfield, 1950. Cap. Fed./ Buenos Aires y Gran Buenos Aires,
VACCARO SÁNCHEZ y Cía, S.A.
Distribuidor para Chile: DISTRIBUIDORA ALFA, S.A.

Capítulo Uno

Desesperada.

Era la única palabra que podía describirla en aquel momento, la única palabra para justificar lo que hacía.

El corazón le latía con fuerza en el pecho y las manos sudorosas le temblaban de tal modo que le costaba trabajo controlarlas.

Se iba a colar en la habitación de hotel de un hombre… sin ser invitada.

Para llegar hasta allí, le había mentido a la doncella del piso, y eso sólo unos días después de haberse arrastrado delante de la secretaria del hombre y de haber intentado sobornar a su chófer. Ahora, al embarcarse en su primer delito, Bethany Lewis esperaba salir airosa de la prueba.

Con las piernas temblándole, cerró la puerta tras de sí, sacó una agenda pequeña y la apretó contra el pecho mientras penetraba más en la suite presidencial… sin ser invitada.

La luz suave de una lámpara iluminaba el espacio, impregnado del olor dulce a naranjas. Al lado de la ventana había un escritorio lacado. Detrás de él, los cortinones de color melocotón estaban abiertos para mostrar una terraza amplia con vistas a la ciudad. En una mesita de café había una bandeja plateada con fresas bañadas en chocolate, una variedad de quesos y fruta fresca al lado de un sobre cerrado que decía: *Señor Landon Gage.*

Dio la vuelta al tresillo estilo Reina Ana, pensando en el rostro angelical de su hijito de seis años tal y como lo había visto por última vez, cuando le había preguntado temeroso: «Mami, ¿no me vas a dejar? ¿Lo prometes?». «No, querido, mami nunca te dejará».

Sintió un vacío en el pecho al recordarlo. Estaba dispuesta a luchar lo que hiciera falta, a mentir y robar si era preciso con tal cumplir aquella promesa.

–¿Señor Gage?

Se asomó por la puerta entreabierta que daba al dormitorio. Abajo, la gala para recaudar fondos para el cáncer infantil estaba en pleno apogeo, pero el magnate todavía no había hecho acto de presencia, aunque era de dominio público que se encontraba en el edificio.

Un maletín de cuero brillante yacía abierto en la amplia cama, rodeado de montones y montones de papeles. Un portátil ronroneaba cerca.

–Me ha seguido.

La voz masculina rica y profunda la sobresaltó y Beth miró la puerta del vestidor, por la que salía un hombre. Él se abrochó rápidamente los botones de su camisa blanca y le lanzó una mirada helada. Bethany retrocedió hasta la pared. La presencia de él casi la había dejado sin aliento.

Era más alto de lo que esperaba, ancho, moreno y amenazador como un demonio de la noche. Tenía un cuerpo atlético bajo la camisa blanca y los pantalones negros, y el pelo húmedo que se pegaba a su frente amplia enmarcaba un rostro viril y sofisticado. Sus ojos de color plateado eran distantes, como vacíos.

—Lo siento —musitó ella.

Él la miró. Su vista se detuvo en las manos de ella, con las uñas comidas hasta las yemas. Beth resistió el impulso de esconderlas y luchó valientemente por mostrarse digna.

Él miró el traje de chaqueta que llevaba ella y que le quedaba ancho en la cintura y los hombros debido a que había perdido mucho peso. Era uno de los pocos trajes de calidad que había podido conservar después del divorcio y lo había elegido adrede para la ocasión. Pero él achicó los ojos cuando miró su rostro demacrado y tomó una pajarita de la mesilla de noche.

—Habría podido hacer que la detuvieran —comentó.

Beth lo miró sorprendida. ¿Se había dado cuenta de que llevaba días siguiéndolo, escondiéndose en rincones, llamando a su despacho y suplicándole a su chófer?

—¿Por qué no lo ha hecho?

Él se detuvo ante un tocador, se puso la pajarita y la miró a los ojos a través del espejo.

—Quizá sea porque usted me divierte.

Beth apenas escuchó sus palabras, pues su mente hervía de posibilidades, y empezaba a aceptar que Landon Gage era probablemente todo lo que decían de él y más. El bastardo que ella necesitaba. Un malnacido fuerte y enérgico. ¡Sí, por favor!

Beth tenía algo claro. Si quería reunirse con su hijo, necesitaba a alguien más importante y más malo que su exmarido. Alguien sin conciencia y sin miedo. Necesitaba un milagro… y si Dios no la escuchaba, se imponía un pacto con el diablo.

Él se giró, sorprendido quizá por su silencio.

—Y bien, señorita…

–Lewis –ella no pudo evitar sentirse un poco intimidada por él, por su estatura, su amplitud de hombros y su fuerza palpable–. Usted no me conoce, pero creo que quizá conozca a mi exmarido.

–¿Quién es?

–Hector Halifax.

La reacción que esperaba no se produjo. La expresión de él no reveló nada, ni interés ni enfado.

–Creo que fueron enemigos una temporada.

–Yo tengo muchos enemigos. No me dedico a pensar en ellos. Y le agradecería que se diera prisa con esto, pues me esperan abajo.

Beth no sabía por dónde empezar. Su vida era un desastre, sus sentimientos estaban muy confusos y su historia era lastimosa, pero no era fácil de contar deprisa.

Cuando habló por fin, las palabras que pronunció le causaron dolor físico en la garganta.

–Me han robado a mi hijo.

Gage cerró el portátil de golpe y empezó a guardar papeles en el maletín.

–¡Ajá!

–Necesito… quiero recuperarlo. Un niño de seis años debería estar con su madre.

Él cerró el maletín.

–Luchamos por él en los tribunales. Los abogados de Hector presentaron fotografías mías en una relación ilícita. Varias fotos. Mías con distintos hombres.

Esa vez, cuando los ojos de él recorrieron su cuerpo, tuvo la alarmante sensación de que la desnudaban mentalmente.

–Leo los periódicos, señorita Lewis. Conozco bien su reputación.

Tomó el billetero de la mesilla, se lo guardó en el bolsillo de atrás y levantó una chaqueta negra del respaldo de una silla cercana.

–Me describen como a una mujerzuela, pero es mentira, señor Gage.

Él se puso la chaqueta y echó a andar. Beth lo siguió fuera de la habitación y hasta los ascensores. Él apretó el botón de bajada y se volvió a mirarla.

–¿Y qué tiene que ver eso conmigo?

–Oiga –a ella le temblaba la voz y el corazón le iba a estallar en el pecho–. No tengo recursos para combatir a sus abogados. Él se encargó de dejarme sin nada. Al principio pensé que habría un abogado joven lo bastante ambicioso para querer aceptar un caso como éste sin dinero, pero no lo hay. Pagué veinte dólares a un servicio por Internet sólo para ver cuáles eran mis opciones.

Hizo una pausa para tomar oxígeno.

–Al parecer, si cambian mis circunstancias, podría pedir un cambio de la custodia. Ya he dejado mi trabajo. Hector me acusó de dejar a David todo el día con mi madre para ir a trabajar y mi madre… bueno, está un poco sorda. Pero adora a David y es una abuela estupenda. Y yo tenía que trabajar, señor Gage. Hector nos dejó sin dinero.

–Entiendo.

Llegó el ascensor y ella lo siguió dentro y respiró hondo para darse valor.

Pero lo único que pudo oler en cuanto se cerraron las puertas y quedaron juntos en aquel espacio pequeño fue a él. Un olor limpio y acre que la ponía nerviosa y le producía la sensación de tener pinchazos en las venas.

Aquel hombre era increíblemente sexy y olía muy, muy bien.

–El dinero no me importa, quiero a mi hijo –susurró ella con voz suave y suplicante.

Nadie había reconocido su trabajo como madre. A nadie le había importado que contara cuentos a David todas las noches, que lo llevara al médico en persona, le curara los arañazos y secara las lágrimas. Nadie en el tribunal la había visto como una madre, sino como una prostituta. ¡Qué fácil les había sido mentir a los ricos y poderosos y a otros creerlos. ¿Cuánto le había costado a Hector tergiversar esas pruebas? Una minucia, comparado con lo que le había quitado a ella.

–Y repito, ¿qué tiene que ver eso conmigo? –preguntó Landon.

–Usted es su enemigo. Él lo desprecia e intenta destruirlo.

Landon sonrió.

–Me gustaría que lo intentara.

Ella agitó la agenda.

–Yo tengo esta agenda que podría usar para acabar con él –pasó páginas–. Números de teléfono de personas con las que se reúne, los tratos que ha hecho con ellos, periodistas con los que trata, las mujeres –cerró la agenda con dramatismo–. Está todo aquí… todo. Y yo se lo daré si me ayuda.

–¿Y Halifax no sabe que esa agenda está en manos de su esposa?

–Cree que cayó por la borda un día que me llevó a dar una vuelta en el yate.

A los ojos de Landon asomó un fuego peligroso.

Pero el ascensor se detuvo y la expresión de él se suavizó.

–La venganza es agotadora, señorita Lewis. Yo no me gano la vida con eso.

Salió del ascensor y entró en el ruidoso salón de baile. A Beth le dio un vuelco el corazón.

Música y risas llenaban la atmósfera. Las luces de la araña de cristal arrancaban brillos a las joyas. Beth veía la cabeza morena de él abriéndose paso entre el mar de personas elegantemente vestidas, alejándose de ella. Los camareros circulaban entre la gente con bandejas de canapés. Beth se abrió paso entre la multitud y lo alcanzó cerca de la fuente de vino cuando se servía una copa.

–Señor Gage.

Él echó a andar mientras tomaba un trago de vino.

–Váyase a casa, señorita Lewis.

–Por favor, escúcheme– insistió Beth.

Él se detuvo, dejó la copa vacía en la bandeja de un camarero y extendió una mano con la palma hacia arriba.

–Está bien, veamos esa condenada agenda.

–No –ella se llevó la agenda al pecho, protegiéndola con ambas manos–. Se la dejaré ver cuando se case conmigo –explicó.

–¿Cómo dice?

–Por favor. Para conseguir la custodia, tengo que cambiar mis circunstancias. A Hector no le gustará nada que yo sea su esposa. Querrá… querrá recuperarme. Tendrá miedo de lo que pueda contarle. Y yo podré negociar con él y recuperar a mi hijo. Usted puede ayudarme. Y yo lo ayudaré a destruirlo.

Él enarcó las cejas.

–Es usted muy pequeña para albergar tanto odio, ¿no le parece, señorita?

–Bethany. Me llamo Bethany. Pero puede llamarme Beth.

–¿Él la llamaba así?

Ella agitó una mano en el aire.

–Él me llamaba «mujer», pero no creo que eso importe.

Gage la miró con disgusto y volvió a alejarse entre la multitud. Ella corrió tras él.

–Oiga, se lo advierto. Hector está obsesionado. Cree que usted va a por él y quiere ser el primero en golpear. Si no hace algo pronto, lo destruirá.

Él se detuvo y frunció el ceño.

–Creo que usted no tiene ni idea de quién soy –la miró a los ojos–. Soy diez veces más poderoso que Hector Halifax. Él bailaría con un tutú rosa si yo se lo pidiera.

–Demuéstrelo. Porque lo que yo veo es que Hector es más feliz que nunca. No sufre nada.

–¡Landon! ¡Ah, Landon, estás ahí!

Él no miró a la persona que hablaba, sino a Beth.

–Voy a dejar algo claro, señorita Lewis. Ni busco esposa ni busco los despojos de otro hombre.

–Sólo será temporal, por favor. Mi familia está impotente contra la de él; ni siquiera puedo ver a mi hijo. Me arrastro por las calles con la esperanza de verlo un momento. Usted es el único hombre que odia a mi exmarido tanto como yo. Yo sé que lo odia, lo veo en sus ojos.

Él apretó los labios.

–Landon, ¿te diviertes? ¿Quieres que te traiga algo, querido?

La voz aflautada de la mujer, que sonaba detrás de él, no consiguió que Gage apartara la vista de Beth. Él le tomó la barbilla y le echó atrás la cabeza.

–Quizá lo odie más de lo que usted sabrá nunca.

–Landon –dijo otra voz.

Él subió el pulgar desde la barbilla hasta el labio inferior de ella, que sintió un escalofrío. La embargó un anhelo como no había conocido nunca y tembló de la cabeza a los pies.

–Landon –dijo otra voz, esa vez masculina.

Él apretó los dientes, la agarró por el codo y tiró de ella por el pasillo de atrás y hasta una habitación pequeña. Cerró la puerta y quedaron en penumbra, alumbrados sólo por la luz de las farolas que se colaba por una ventana pequeña.

–Bethany –él parecía al límite de su paciencia–. Pareces una mujer inteligente. Sugiero que pienses otro plan para ti. Éste no me interesa.

–Pero sigue hablando conmigo, ¿no?

–Dentro de dos segundos, no lo estaré.

Ella le agarró el brazo y vio que los ojos de él se habían oscurecido.

–Por favor –imploró suplicante–. El público lo adora. El tribunal querrá conocer a mi nuevo marido para creer que soy respetable. Querrán saber cuánto dinero gana y a qué se dedica –se dio cuenta de que le apretaba el bíceps y de que él se había puesto tenso, así que lo soltó–. Es usted un enigma, señor Gage. Da dinero a obras de caridad. La prensa lo adora…

Lo adoraban porque había estado inmerso en una tragedia. Lo adoraban porque él, poderoso, atractivo y rico, había sufrido como un ser humano normal.

–La prensa lo tergiversa todo –repuso él–. Y además es mía. Es normal que me adore.

–Lo temen, pero también lo respetan.

Él miró por la ventana con la frente fruncida.

–¿Qué sabes de los tratos de Hector?

–Nombres. Personas de la prensa a las que ha comprado. Planes futuros. Se lo contaré todo. Todo lo que sé. Y le prometo que sé suficiente.

Él sopesó las palabras de ella en silencio. Negó con la cabeza.

–Búscate a otro.

Beth apretó la agenda contra su pecho.

–¿Cómo puede hacer esto? –preguntó entre dientes–. ¿Cómo puede dejar sin castigo lo que él le hizo? Destruyó su vida. La destruye todavía.

–Escúchame atentamente, Beth –él bajó la voz–. Hace seis años de eso. Yo he dejado el pasado atrás, ya no me siento consumido por la rabia como cuando pensaba sólo en matar. No me provoques o podría pagarlo contigo.

–Ésta es tu oportunidad, ¿no lo entiendes? –dijo ella a la desesperada–. Pensaba que tú sentirías lo mismo que yo. ¿No lo odias?

Él abrió la puerta, pero ella le bloqueó la salida con la horrible sensación de que su última oportunidad se le escapaba entre los dedos.

–Todo habrá terminado antes de un año, cuando recupere a David. Por favor, ¿qué tengo que hacer para convencerte?

Dejó caer la agenda al suelo, le agarró la chaqueta, se puso de puntillas y lo besó en la boca. Él la apartó con brusquedad, con fuerza suficiente para dejarla sin aliento, y la clavó contra la pared.

–¿Te has vuelto loca?

Ella se estremeció, se sentía mareada y desorientada. Le quemaban los labios por el beso, un beso al que él no había correspondido y que a ella la había

12

destrozado. Él tenía un pecho de acero, unas manos de acero y una voluntad de acero.

–¿Qué tengo que hacer para conseguir que me ayudes? –preguntó.

–¿Por qué me has besado? –preguntó él.

–Yo…

Él le apretó los dedos en las muñecas.

–No me gustan los juegos, Beth. No tengo mucho sentido del humor y, si me levantas otra vez una bandera roja, cargaré.

–Landon, estás ahí. Te toca hablar.

Él la soltó con brusquedad y Beth se frotó las muñecas doloridas. Un hombre moreno los observaba desde el umbral de la puerta.

–¿Y quién es la señora? –preguntó.

–La esposa de Halifax –repuso Landon con disgusto, antes de salir de la habitación.

–¡No soy su esposa! –gritó ella.

El recién llegado le lanzó una mirada de incredulidad y Beth se secó las manos sudorosas en la chaqueta e intentó recuperarse. Tomó la agenda, que yacía abierta boca abajo en el suelo.

–Garrett Gage –dijo el hombre con una sonrisa.

Ella vaciló y le estrechó la mano que le tendía.

–Bethany Lewis.

–Bethany, necesitas una copa –le pasó la suya y puso la mano de ella en su codo. Le dio una palmadita amistosa, como si fueran amigos íntimos a punto de compartir confidencias–. Habla conmigo, Beth. ¿Puedo llamarte Beth?

Capítulo Dos

Landon no podía apartar la imagen de ella de su mente. Elegante en su traje azul y alzando la barbilla con dignidad. Bethany Lewis ojerosa.

Podría haber dudado de sus palabras, pero la historia había salido en la prensa. Bethany Halifax, ahora Lewis, había soportado un divorcio sucio y una batalla por la custodia de su hijo.

Cosa que a él debería importarle un bledo.

Con su quinta copa de vino y después del mal trago de tener que hablar por el micrófono, bebía con lentitud, esforzándose por disfrutar del sabor mientras contemplaba los jardines del hotel con los codos apoyados en la balaustrada de piedra.

La mujer de Hector Halifax besándolo en los labios como si su vida dependiera de ello.

Y su cuerpo había respondido a ese beso. ¿Por qué? Ni siquiera era la mujer más guapa que había visto, y desde luego, tampoco la más sexy con aquella mirada de furia. Pero sentir sus labios en los de él había sido un éxtasis. Hacía años que no se excitaba de aquel modo.

Se puso tenso al oír pasos detrás de él y después la voz de su hermano Garrett. El menor, Julian John, también debía de estar por allí. Quizá tonteando con una camarera.

—Me sorprende que te hayas quedado tanto —dijo Garrett, apoyando los codos en la piedra desgastada.

Landon se encogió de hombros; la multitud no le molestaba demasiado cuando podía escapar de ella.

—Estoy esperando a que ella se marche.

Su hermano soltó una risita.

—Confieso que siento mucha curiosidad por el contenido de esa agenda.

Landon guardó silencio. Él también la sentía. Pero era el mayor, el más sensato. Su madre y sus hermanos dependían de él para que tomara decisiones racionales, no impulsadas por la rabia.

—No recuerdo haber visto tanto odio en ninguna otra mirada —comentó Garrett—. Excepto quizá en la tuya.

Una furia antigua y familiar le encogió el estómago a Landon.

—Di lo que quieras decir.

—¿Sabes?, he estado esperando que hicieras algo sobre lo que sucedió hace años. Y madre y Julian también. Tú no lloraste, no te emborrachaste. Fuiste a trabajar al día siguiente y trabajaste como un perro. Todavía sigues trabajando como un perro.

—¿Y no es ésa la actitud que queríais todos que tomara? Yo levanté el periódico de papá, lo saqué a Internet y he triplicado sus beneficios. ¿Tú querías que me emborrachara?

—No, yo quería que hicieras algo que equilibrara las cosas. Creo que ya es hora de que actúes. Sabes muy bien que puedes aplastarlo.

—¿A Halifax?

Los ojos de Garrett brillaron con malicia.

—No me digas que no lo has pensado.

—Todas las noches.

—Pues entonces —Garrett lanzó un gruñido de satisfacción, vació su copa de vino y la dejó a un lado—.

Landon, vamos. Eres el tío más solo que conozco. Llevamos seis años viendo cómo te cierras a todo. Ya ni siquiera te interesan las mujeres. Exudas furia por todos los poros y te está comiendo por dentro.

Landon se frotó la nariz con dos dedos. Las sienes le empezaban a palpitar.

–Déjame en paz, Garrett.

–¿Por qué no te vengas, hermano?

Landon no supo lo que pasó, pero la copa de vino que sostenía se estrelló contra la columna de piedra más próxima y cayó al suelo hecha añicos.

–¡Porque eso no los traerá de vuelta! –rugió–. Podría matarlo y ellos seguirían sin volver.

Siguió un silencio. Landon no sentía nada excepto… vacío.

–¡Maldita sea! –murmuró, contra sí mismo y contra Bethany Lewis por haberle hecho pensar en aquello.

Landon odiaba pensar en eso. Odiaba recordar la llamada telefónica nocturna y todas las pruebas que habían descubierto los detectives. Pero al mismo tiempo, aquello lo atormentaba. ¿Cómo podía haber estado tan ciego? ¿Haberse dejado engañar así? Chrystine había tenido una aventura con Halifax durante varios meses; el detective privado le había confirmado que se habían intercambiado mensajes y ella se había escabullido por la noche para ir a verlo. Landon no había conocido su traición hasta el día en que la había enterrado.

Se había sentido atrapado en aquel matrimonio y no la deseaba, pero ella esperaba un hijo suyo y él había hecho lo correcto y había tenido toda la intención de conseguir que aquello funcionara.

Había fracasado, y tampoco había conseguido proteger al niñito rechoncho que ya había aprendido a sentarse, sonreír y decir «papá».

Su hijo había muerto por causa de ella.

Y por el correo electrónico de Halifax en plena noche exigiendo que tenía que ser «ahora o nunca». Que ella tenía que ir con él en aquel momento o nunca estarían juntos.

Chrystine había tomado medicación que le había recetado Halifax, medicación que una madre que amamantaba no debería tomar y menos para conducir. Halifax lo sabía y aun así le había dado un ultimátum. Un ultimátum que sabía que Chrystine no tenía más remedio que acatar porque él le había jurado que no le haría más recetas ni volvería a verla si no lo hacía. Y Chrystine había partido en una noche tormentosa y oscura y había tenido un accidente.

Su hijo y ella habían muerto en el acto.

Landon no había vuelto a sentir la manita de su hijo agarrando su dedo. No había podido verlo crecer ni hacerse un hombre.

—Eso ya lo sé —Garrett le apretó el hombro con firmeza—. Y puede que ellos no vuelvan, pero yo esperaba que tú sí.

Beth estaba sentada en un banco de madera al lado de la caseta del mozo del aparcamiento y miraba la agenda que tenía en el regazo. «Has devuelto la furia a mi hermano», le había dicho Garrett Gage con una sonrisa admirada. «Puede que incluso te dé las gracias».

Ella seguía pensando en esas palabras y en su propia situación.

¿Y ahora qué?

Vio al chófer fornido de Landon Gage apoyado en el capó de un Lincoln Navigator negro. El chófer se había ganado su respeto y su frustración al negarse a dejarse sobornar y permitirle entrar a escondidas en el coche de Gage. Le devolvió la sonrisa que le dedicó él y suspiró.

Había dejado de creer en cuentos de hadas en el instante en el que se dio cuenta de que se había casado con un sapo y que éste no se convertiría en príncipe con un beso. ¿Por qué, entonces, había pensado que un desconocido la ayudaría? ¿El enemigo?

Para él, ella era una Halifax. Siempre sería una Halifax y seguramente la odiaría por ello.

Pero Gage había sufrido a causa de Hector Halifax, y aunque había seguido con su vida, la muerte de su familia había sido algo irrevocable. Beth todavía podía hacer algo, lucharía mientras le quedara aliento.

No viviría separada de su hijo.

Parpadeó cuando Landon salió por las puertas giratorias con la mandíbula apretada de tal modo que por fuerza tenía que dolerle. Se acercó a ella.

–¿Cuándo quieres casarte? ¿El viernes? ¿El sábado?

Beth miró sorprendida a aquel hombre dueño de sí mismo de salvajes ojos grises.

–El viernes –contestó–. Mañana. Ahora.

–Ven a mi despacho mañana y tendré un acuerdo prematrimonial preparado –él le echó una tarjeta de crédito negra en el regazo–. Quiero que lleves un vestido caro. Cómpratelo. Si quieres recuperar a tu hijo, busca una imagen virginal. Y cómprate un anillo.

Ella lo miró con incredulidad y él la apuntó con un dedo.

–Cuando esto termine, no recibirás nada, ¿entendido?

Ella se puso en pie y asintió.

–No quiero nada aparte de mi hijo. Buscaré un trabajo que pueda hacer en casa. No volveré a perderlo.

Él le tomó la muñeca y la acercó lo suficiente para que ella se sintiera amenazada por la fuerza granítica de su cuerpo. Era tan grande que Beth no pudo evitar sentirse minúscula.

–Espero que estés segura de que es esto lo que quieres, porque cuando termine con tu marido, no quedará nada.

Dio media vuelta y la dejó sin aliento, agradecida y con mariposas en el estómago.

–¡Landon!

Él se volvió hacia ella.

–Gracias.

Landon vaciló un instante, se acercó a ella, le agarró el codo e inclinó la cabeza.

–¿Habrá algo más en el menú, Beth?

Ella entreabrió los labios.

–¿Qué quieres decir?

La cara de él resultaba cruel y atractiva. Su boca era hermosa, sus ojos fascinantes, su contacto…

El pulgar de él rozó la manga de la chaqueta de ella, provocándole escalofríos.

–Te pregunto si podremos alcanzar otro tipo de acuerdo tú y yo.

Ella se agarró a su mirada, pues se ahogaba y no veía tierra a la vista.

–¿Qué clase de acuerdo? –susurró–. Creo que no comprendo.

Pero sus pezones estaban duros como diamantes

debajo de la chaqueta y suplicaban… algo. Una caricia de él.

Él alzó la mano con expresión hambrienta y recorrió los labios de ella con el dedo índice.

–Me pregunto… –su voz era profunda y la miraba con ojos que llegaban a la parte más oscura y solitaria de ella– si te gustaría volver a besarme, esta vez más despacio. Y en la cama.

¡Oh, Dios!

Él le puso un dedo debajo de la barbilla.

–¿Te interesa, Beth?

Un escalofrío recorrió el cuerpo de ella. En su mente se coló la imagen de aquella belleza viril, caliente y dura, introduciéndose en ella y… ¡Oh, ella se moriría!

Cuando lo había besado, había sentido la fuerza potente y contenida de su cuerpo. ¿Cómo sería que Landon Gage desencadenara toda esa fuerza reprimida dentro de ella? Se rompería.

Diría que no. Tenía que hacerlo.

«No» era una palabra pequeña y dura y la gente pequeña aprendía a decirla de un modo duro. Beth había aprendido seis años atrás que la palabra «no» habría significado la diferencia entre la felicidad y la desesperación, entre la libertad y el cautiverio.

–Creo que deberíamos ceñirnos al plan original –repuso.

Pero su negativa, aunque lógica y sincera, creó un anhelo pequeño y potente en su interior.

Él retrocedió y asintió con la cabeza.

–Es bueno saberlo.

Segundos después, daba órdenes a su chófer y volvía a entrar en el edificio, dejando a Beth con la agenda en una mano y la tarjeta de crédito en la otra.

Capítulo Tres

–Ahora entiendo por qué llevas siglos sin estar con una mujer. Creo que Julian podría enseñarte un par de cosas para ser más sutil.

Era el día siguiente y Landon estaba inclinado sobre la mesa de conferencias con un ejemplar del *San Antonio Daily* extendido sobre la superficie rodeando frases con un círculo. Era algo que hacía todos los días. Lo hacía antes de que entrara en la imprenta y también después.

–No quiero una mujer –pasó a la siguiente sección y subrayó un titular de Deportes con el rotulador rojo–. Veinticuatro errores, Garrett, y sigo contando. Sugiero que borres esa sonrisa.

–¿Entonces sólo la deseas? Porque este acuerdo prematrimonial… –Garrett agitó los papeles en el aire– es un poco extraño. Julian, ¿qué opinas tú de esto? Me cuesta creer que una mujer firme eso.

Julian tomó el documento con gesto perezoso. Apoyó un hombro en la pared y leyó las condiciones.

–Retorcido y un poco receloso. Bien, Landon. Muy propio de ti.

–Gracias. Esto es una unión de dos enemigos.

Garrett movió la cabeza. Se acercó al mostrador de cromo y se llenó la taza de café.

–Te estás preparando para el divorcio desde el comienzo, hermano.

Landon seguía trazando círculos con el rotulador. Una fecha errónea, un punto que faltaba…

–Sí, bueno, esta vez los dos sabremos lo que se avecina.

–Olvidas que yo estuve allí anoche. Y por si no te diste cuenta, la tenías sujeta contra la pared.

Landon se quedó inmóvil con el rotulador en el aire.

–¿Sabes qué le dijo el escorpión a la tortuga cuando le dio una picadura mortal?

Garrett tomó un sorbo de café.

–Dímelo tú.

–Es mi naturaleza –Landon lo miró de hito en hito–. Eso fue lo que le dijo.

–¿Y traducido?

–Traducido, Garrett –intervino Julian–, significa que la exmujer de su enemigo va a ser su esposa y Landon no se fía de ella.

Garrett parpadeó sorprendido. Dejó la taza sobre la mesa.

–¿Tú eras la tortuga de esa historia?

–Aquí tiene, señor Gage –Donna, la ayudante, había entrado en la habitación con los brazos llenos de periódicos viejos–. Todo lo que se ha escrito sobre Halifax y todas las páginas en las que sale Bethany. Algunas tienen varios años.

Landon se acercó al montón que Donna acababa de depositar encima de la mesa y empezó a extender los periódicos.

–Desgraciadamente, parece que tenemos espías –dijo a sus hermanos.

–¿En serio?

–Beth posiblemente sabe sus nombres. Al menos,

eso fue lo que insinuó. Quiero ver quién lleva tiempo ayudando a Halifax –abrió el primer periódico y lo ojeó buscando menciones a Beth. Sabía que podía hacer aquello en el ordenador, pero en ese respecto, Landon era ridículamente anticuado… le encantaba el olor, la sensación y la sustancia del papel.

–¿Quizá esté eso en la agenda? –preguntó Garrett.

Landon enarcó una ceja.

–¿Crees que Halifax es idiota? Tendría que estar loco para basar mis actos en lo que hay escrito en una agenda.

–¿Y por qué te casas con ella si no es por la agenda?

Landon no pensaba decirles eso. Siguió ojeando.

–Quizá es que quiero una aliada en la guerra.

Garrett soltó una carcajada. Le dio una palmada en la espalda.

–Hermano, tú quieres otro tipo de aliada.

Landon optó por guardar silencio.

–Cualquier imbécil que deje rastros de sus historias sucias en una agenda merece todo lo que le pase –declaró Julian con disgusto.

–Se merece a Landon.

Sus hermanos se echaron a reír y Landon los miró con rabia.

–O volvéis a trabajar o podéis largaros.

Garrett se sentó y lo miró por encima del periódico abierto.

–Mamá quiere saberlo todo de ella, ¿vale?

–Estoy seguro de que ya le has hecho tú un informe completo. Julian, ¿tú has hablado con tu amigo el abogado de familia?

–Vendrá mañana.

–Bien. Garrett, ¿vas a enviar a nuestra gente a cubrir la fiesta de compromiso esta noche?

–Hecho.

Landon fijó la vista en un titular: *La esposa de Halifax sorprendida en una aventura ilícita*. Había una foto de Beth saliendo del tribunal, seguida de un análisis largo y detallado del juicio. Miró la foto sombrío. En los ojos de ella había algo que era como una súplica, una inocencia.

Podía ser una embustera, una jugadora.

Pero, maldición, Landon todavía la deseaba.

Era así de complicado y así de sencillo.

La noche anterior, cuando yacía en la cama recordándola, había buscado razones para la lujuria que lo dominaba y no había encontrado ninguna. Excepto la de que su beso salvaje y temerario había prometido oxígeno a un hombre muerto.

Él la deseaba y la tendría.

«Vale, Beth, ve a por él».

El corazón le latía con fuerza cuando llegó por fin al último piso del *San Antonio Daily*. Respiró hondo para darse fuerzas y siguió a la ayudante de Landon, hasta unas puertas dobles.

Una sensación desconocida la asaltó cuando la mujer abrió las puertas y la dejó entrar. Landon dio la vuelta a la mesa para salirle al encuentro. Llevaba un traje elegante y una corbata roja. A Beth le dio un vuelco el estómago.

–Beth –dijo él.

La miró de arriba abajo y ella descubrió que le costaba trabajo respirar. ¡Estaba tan sexy cuando sonreía!

–Hola, Landon –repuso. Le devolvió la sonrisa con timidez.

Los dos abogados de él se levantaron para saludarla y Beth les estrechó la mano. Ese día quería estar respetable. Se había recogido el pelo en un moño y llevaba un traje de chaqueta oscuro con muy poco maquillaje.

Landon despidió a su ayudante y sacó una silla para Beth.

–Siéntate.

Ella obedeció.

Uno de los hombres empezó a repartir unos documentos. El acuerdo prematrimonial, probablemente.

–Bien, señora. Si tiene la amabilidad de abrir el documento, el señor Gage ha…

El abogado, un hombre de rostro serio y pelo blanco, se interrumpió consternado cuando Beth abrió el documento por la última página y preguntó:

–¿Alguien tiene un boli?

Dos bolígrafos aparecieron de inmediato ante ella.

Tomó el azul. La silla de Landon crujió cuando él se echó hacia atrás; la observaba con la intensidad de un halcón lanzándose en picado. Cuando ella acercó el bolígrafo al papel, arrugó la frente.

–Léelo, Beth.

Ella lo miró.

–No busco tu dinero, Landon. No recibiré nada, ya me lo dijiste. Soy tan pobre como una rata. Tú no puedes quitarme nada que Hector no me haya quitado ya.

Si creía que podía disuadirla de aquel plan matrimonial, no sabía lo terca que podía llegar a ser.

Landon inclinó a un lado la cabeza.

–Los acuerdos prematrimoniales no sólo hablan de dinero.

–Señora Lewis, si me permite –intervino el abogado de pelo blanco. Carraspeó y dobló una página–. En la noche de boda, se espera que entregue una agenda negra con contenido de naturaleza personal del doctor Hector Halifax. Y como esposo suyo, el señor Gage accede a proveer para usted en todos los sentidos como lo haría un esposo de verdad, siempre que usted termine toda asociación con su ex hasta que finalice su matrimonio con el señor Gage. Una infidelidad por su parte conllevaría la terminación de este acuerdo y del matrimonio –el abogado levantó la cabeza y la miró a los ojos–. Me temo que estos términos no son negociables.

Beth se sentía tan insultada porque Landon Gage pudiera creer lo peor de ella, tal y como habían hecho todos los demás, que no se movió. Landon observaba su reacción achicando los ojos.

La miró con una expresión tan sensual que el anillo que ella había comprado en su nombre y se había puesto en el dedo empezó a quemarle.

Le sostuvo la mirada temblando por dentro.

–Yo le fui fiel a Hector mientras estuvimos casados. No soy la mujer que dicen que soy.

Él tardó un momento en responder.

–No me importa nada si le fuiste fiel a Halifax, me importa que una mujer que lleve mi apellido me sea fiel a mí.

Fiel a Landon Gage…

Algo efervescente se deslizó por las venas de ella y un calor intenso le bajó desde los pechos hasta un lugar anhelante entre los muslos.

–Este matrimonio es ficticio, pero no puedo arriesgarme a cometer errores por mi hijo. No veré a nadie más, punto –achicó los ojos–. ¿Pero tú qué? ¿Vas a garantizar lo mismo?

–Contrariamente a la creencia general, yo no soy un mujeriego.

–Pero sólo se necesita una mujer para darle la vuelta a tu vida.

–La estoy mirando en este momento.

Ella, sorprendida, volvió su atención al contrato y respiró hondo un par de veces.

–Nuestro acuerdo es estrictamente una… sociedad, ¿verdad? –preguntó.

Un silencio profundo llenó la habitación.

La falta de respuesta la puso nerviosa. Lanzó una mirada a Landon, y la intensidad de los ojos de él le hizo cerrar las piernas con fuerza debajo de la mesa. Las pupilas de él transmitían hambre, deseo. Ella se sonrojó.

–¿Qué es exactamente lo que quieres de mí?

–Lo único que quiero, Beth, es tu fidelidad. Si quieres acostarte con alguien, será conmigo.

Ella se sonrojó aún más.

Se produjo un silencio largo, que interrumpió al fin el abogado de pelo castaño y gafas.

–Bien, pues. Establecemos que, una vez que recupere la custodia de su hijo, el matrimonio continuará un periodo de tiempo corto hasta que las aguas vuelvan a su cauce –su voz era más suave que la de su compañero de pelo blanco–. Y cuando llegue el momento de seguir caminos separados, el señor Gage espera que le conceda un divorcio rápido y discreto a cambio de una pequeña cantidad que su hijo y usted podrán usar para empezar una nueva vida.

Beth se sentía tan incómoda discutiendo aquello, su hijo, su economía y su futuro divorcio, en una sala de conferencias, que deseaba que se la tragara la tierra.

Por alguna razón, las miradas de Landon y su proximidad hacían que le palpitara el cuerpo. Cada estremecimiento le recordaba todos los deseos, necesidades y anhelos que llevaba años sin apaciguar.

—No quiero ninguna cantidad —dijo—. Es a ti a quien quiero. Tú eres el único que puede hacerle daño a Hector.

Landon no mostró ninguna reacción.

—En caso de que saliera un niño de esta unión, el señor Gage tendrá la custodia —continuó el abogado.

Beth lo miró sorprendida.

—No habrá ningún niño.

Su reacción fue tan intensa y rápida, que Landon echó atrás la cabeza y soltó una carcajada. El sonido fue tan inesperado que ella se sobresaltó. Lo miró de hito en hito. ¿Acaso consideraba aquello gracioso?

¿Que ella se arriesgara a tener un hijo por un rato de sexo con ese hombre?

—¿Tú me quitarías a mi hijo? —preguntó con incredulidad—. ¿Eso es modo de empezar un matrimonio? ¿Una asociación? ¿Un equipo de guerra?

Los ojos de él brillaban con lo que parecía regocijo.

—Tal y como yo lo veo, Beth, nosotros empezamos con sinceridad, que es más de lo que puedo decir de mi último matrimonio —se puso serio al instante y se encogió de hombros—. No me fío de nadie. Por favor, entiéndelo.

A ella se le contrajo el pecho.

Lo entendía demasiado bien.

Había perdido un hijo y no quería perder otro.

Lo habían traicionado. Igual que a ella.

Y cuando una persona dejaba de creer en la gente, en el fondo habría siempre una parte de esa persona a la que nadie podría volver a llegar.

Landon no se fiaría de ella, pero la ayudaría. Y era una maravilla que hubiera podido hacerse con su ayuda. Beth reconocía un regalo del universo cuando lo veía.

Se relajó en su asiento.

—Me casaré contigo, Landon. Lánzame todos los aros que quieras para que salte a través de ellos, pero me casaré contigo.

Una leve expresión de admiración cruzó por el rostro de él. Apretó la mandíbula con fuerza y su voz se llenó de una gravedad nueva.

—¿Qué te parece si firmas ya esos papeles, Bethany?

El abogado de pelo blanco asintió en dirección al documento.

—¿Señora Lewis? Por favor.

Beth firmó en la línea de puntos y señaló a Landon con la punta del bolígrafo.

—Señora Gage —dijo, corrigiendo al abogado.

A Landon le brillaron los ojos. Beth lo imaginó por un segundo lanzándose a través de la mesa, estrechándola contra él y paladeando los labios que había rechazado la noche anterior.

—Ahora soy una Gage —susurró.

—Todavía no —los labios de él se entreabrieron en la sonrisa más pícara y peligrosa que ella había visto en su vida—. Señores, me gustaría quedarme a solas con mi prometida.

Capítulo Cuatro

Un silencio tenso cubrió la estancia en cuanto las puertas se cerraron con suavidad.

—Creo que deberíamos hablar de nuestro plan —dijo Beth—. Quiero que Hector se arrastre por el suelo. Quiero verlo sin dinero, sin honor, sin hijo y gimiendo como un perro apaleado.

Landon la miró y se esforzó por no mostrar cómo lo afectaban sus palabras, cómo despertaban sus apetitos más profundos y oscuros. Resultaba condenadamente encantadora así, asesina y pragmática. Y probablemente ni siquiera lo sabía.

Se levantó sombrío y empezó a dar la vuelta a la mesa. El corazón le latía con un ritmo lento y pesado.

—Será humillado —prometió.

—Públicamente, espero.

Él apretó los puños.

—Cuando acabemos con él, estará destrozado.

Beth dio una palmada y sonrió.

—Me encanta.

Una sensación extraña explotó en el pecho de él. Miró los ojos azul claro de ella, que brillaban de malicia.

Con la luz del sol parecía más joven que la noche anterior. Su pelo, atado suavemente detrás, enmarcaba un delicado rostro ovalado y una cadena fina de oro adornaba su delgado cuello. Su piel era blanca y suave, pero Landon no podía dejar de pensar en su boca y en la sensación de esa boca en la de él.

—¿Te has comprado un vestido? —susurró.

—Sí.

—¿Blanco y virginal?

—Beis y decente —ella sacó de su bolso la tarjeta de crédito y un recibo doblado—. Thomas es mi nuevo mejor amigo. Me ha dicho que te gustará.

Él arrugó la frente.

—¿Mi chófer lo ha visto?

—Quería opiniones. No conozco tus gustos.

—Thomas tampoco —él tomó la tarjeta y el recibo y se sintió decepcionado cuando no consiguió rozar los dedos de ella más de un segundo.

—También he comprado un anillo.

Él tomó los esbeltos dedos que le mostraba y observó el discreto anillo.

La mano de ella se cerró en la suya y un chispazo eléctrico le subió por el brazo. El contacto ascendió hasta su cabeza como una bomba y le calentó el pecho y la entrepierna.

Luchó por controlar la lujuria que lo invadía por dentro y rozó con el pulgar la piedra del anillo como si fuera algo precioso y no un grano de arroz de medio quilate.

—¿Esto te lo he regalado yo? —preguntó.

—Sí —ella echó atrás la cabeza y lo observó mientras él fingía estudiar la pequeña piedra. Notó los mechones sueltos de pelo rubio que la hacían parecer dulce y vulnerable—. Me gustan las cosas sencillas —susurró.

—Es pequeño… —como ella. Un paquete pequeño lleno de posibilidades, brillando con la luz de la venganza.

De pronto todo lo relacionado con Bethany parecía tener una naturaleza erótica. Su voz sedosa. O quizá la ropa suelta y formal que llevaba y que hacía que un hombre deseara saber lo que había debajo. O quizá el hambre en sus ojos, su sed de sangre. La sangre de Halifax.

Landon encontraba aquello muy sexy.

–Me preocupaba que cambiaras de idea hoy –dijo ella. Retiró la mano.

Él la miró a los ojos y se cruzó de brazos.

–¿Nunca te había dado su palabra un Gage?

–«La mujer de Halifax», pensó. «Y ahora mía».

–No.

–¿Y qué te daba motivos para dudar de ella?

La mujer se encogió de hombros.

–He aprendido a no fiarme de lo que dice la gente.

Landon sonrió y señaló el despacho adyacente. La confianza era importante para él. Sus hermanos confiaban en él. Su madre, sus empleados, también. Y Bethany también lo haría pronto; él se aseguraría de ello.

–Deberíamos ponernos manos a la obra.

–Desde luego –ella se incorporó, tomó su bolso y lo siguió al despacho forrado de paneles de madera–. La venganza aguarda.

Sonrieron juntos. Y de pronto, la idea de vivir con ella y no poseerla resultaba intolerable; no era una opción.

Aquella pequeña aniquiladora de exmaridos iba a ser su esposa y él la convertiría en su mujer. Aquella cosita sedienta de venganza obtendría lo que deseaba de Landon, que le entregaría a Halifax en una bandeja de plata con una manzana en la boca. Y Landon llevaría su propia justicia un paso más allá.

Bethany, su hijo, la familia de Halifax...

Sería de Landon.

—Estoy organizando una celebración esta noche en La Cantera —se situó detrás de su escritorio y la aprobación que leyó en la mirada de ella le produjo una satisfacción puramente masculina—. Estoy bastante seguro de que el hecho de que te vean anunciando nuestro compromiso en una reunión pequeña de gente respetable ayudará a mejorar tu imagen. ¿Tú no?

Ella se sentó enfrente de él y pensó un momento.

—Estoy de acuerdo —cruzó las piernas—. Sí. ¿Y cuándo será la boda?

—¿Te viene bien el viernes en el ayuntamiento?

—Por supuesto —sonrió ella.

Landon pulsó el botón del interfono.

—Donna, ¿mis hermanos están por aquí? Me gustaría que vinieran.

—Los llamaré.

Era importante que su prometida conociera a sus hermanos antes de que la prensa se congregara a su alrededor esa noche. Por suerte, su eficaz ayudante los introducía en el despacho pocos minutos después. Ambos sonreían con amabilidad.

—Donna —dijo Landon—. Ten el coche preparado en tres minutos.

—Enseguida, señor.

Landon tomó a Beth del brazo y la adelantó un poco.

—Ya conoces a Garrett, ¿verdad?

—Sí, parecía muy amable.

—No lo es —Landon la acercó a Julian—. Julian John, Bethany Lewis.

—Es un placer —musitó Julian, estrechándole la mano.

Landon bajó la cabeza hacia ella.

–Tampoco es amable.

Beth sonrió.

Y cuando Landon vio su sonrisa, pensó: «Soy hombre muerto, igual que Halifax».

Cuando Landon la guiaba a través de los pasillos de la planta ejecutiva del *San Antonio Daily,* Beth pensó con alivio que aquello no iba nada mal.

Cierto que todavía no habían comentado su plan en detalle, pero no importaba. Beth sabía muchas cosas de Hector. Piedras grandes que cruzar en su camino.

Estaba deseando verlo tropezar.

–Son mis hermanos, pero me vuelven loco. Es algo químico –comentó Landon.

Los empleados los miraban fijamente desde sus cubículos. Beth frunció el ceño. ¿Sabían que pronto se casaría con su jefe? ¿Sabían que era una farsa?

–¿Tu ropa está en el coche? –preguntó Landon.

Ella le lanzó una mirada nerviosa. Quizá simplemente les extrañaba ver a su jefe sonriendo a una mujer.

–Sí.

–Excelente –él asintió sonriente–. Me parece que aquí se especula mucho sobre ti –comentó.

Beth asintió, pues había llegado a la misma conclusión. Pero ahora le preocupaba algo más.

–¿Adónde vamos?

Se abrieron las puertas del ascensor y entraron juntos.

–A mi casa.

–Tu casa –repitió ella.

–Mi casa. Donde vivirás conmigo.

Salieron del ascensor y cruzaron el vestíbulo de mármol. Beth sintió curiosidad por saber cómo sería vivir con él los dos meses siguientes.

–Es buena idea que te empieces a instalar antes de la boda. Eso hará nuestra relación más plausible.

Beth no pudo por menos que asentir.

Viajaron en silencio en el asiento de atrás del Navigator y veinte minutos más tarde llegaban a la entrada de una urbanización vallada. Después de cruzar un campo de golf verde esmeralda y distintas residencias, el coche se detuvo en otra verja.

Detrás de las puertas de hierro forjado, se veía una casa de dos pisos de inspiración gótica y piedra gris. El césped que la rodeaba estaba perfectamente cortado.

–¡Vaya! ¿Es aquí?

–Sí –Landon alzó la cabeza del teléfono móvil, en el que leía algo–. ¿Esperabas otra cosa?

Ella se encogió de hombros.

–Un piso, tal vez.

Él abrió la mano, una mano hermosa de dedos largos y bronceada.

–Olvidas que yo tenía una familia.

Una familia, sí. Había tenido una familia que no podría recuperar por mucho que hiciera.

Beth sintió una opresión terrible en el pecho.

–Lo siento –musitó.

Lo siguió desde el coche y por los escalones hasta la entrada en forma de arco.

Su esposa y su hijo habían muerto en un accidente una noche de lluvia.

Una noche de lluvia en la que Hector Halifax había dejado a Beth con su hijo recién nacido en brazos para ir a reunirse con la esposa de Landon.

La joven miró la figura escultural de él por el rabillo del ojo y se preguntó cuánto sabía Landon y qué era lo que no sabía.

Cuando entraron en la espaciosa casa con suelo de piedra caliza, Beth vio dos mastines enormes cerca de la oscurecida chimenea. Al ver a Landon se levantaron y echaron a andar moviendo la cola.

—Mask y Brindle —los presentó Landon.

Ella supuso que la bestia de color beis y cien kilos de peso con la cara negra era Mask y la bestia de rayas blancas y marrones de cien kilos de peso era Brindle.

Se acercaron a olfatearla y ella retrocedió un paso, y dio un respingo cuando chocó con el pecho sólido de Landon. ¿Y ella había pensado que aquello sería fácil?

Landon le puso las manos en la parte superior de los brazos.

—No muerden —dijo cerca de su oído.

Un escalofrío, que no tenía nada que ver con el miedo, subió por la columna de ella.

—¡Oh!

—¡Sentaos!

Los perros se sentaron. Sus lenguas medían un kilómetro y colgaban perezosamente esperando más órdenes de Landon.

—¿Lo ves?

Todavía no la había soltado. Ella arqueó la cabeza un poco y sus narices casi chocaron.

—De pequeña me mordió un perro —confesó, pensando sin saber por qué que lo apropiado era susurrar como si estuvieran en una iglesia o una biblioteca–. Desde entonces les tengo un respeto sano.

–¿Y aun así te casaste con uno? –sonrió él.

–Me casé con una serpiente. Es una especie muy diferente.

Él seguía sonriendo, y ella casi podía sentir la sonrisa contra sus labios. Se le aflojaron las rodillas. ¿Quería seducirla? Porque si era así, lo estaba consiguiendo.

–Estos dos son un poco pesados para echarse a rodar –musitó él–. Pero puedes pedirles que te den la pata si quieres.

–Más tarde –repuso ella.

Se ruborizó porque empezaba a ver una complicación. Aquel hombre tenía un efecto en ella. Un efecto enorme. No necesitaba besarla para tenerlo. Su presencia era una llamada abierta y flagrante a todas las cosas femeninas que ella llevaba dentro y en las que sería mejor no pensar por el momento.

–Buenos perritos –dijo. Y se las arregló para alejarse de ellos y al mismo tiempo poner distancia con Landon.

–Despedidos –dijo él. Y los perros volvieron a su sitio al lado de la chimenea.

Landon la guió por una escalera de piedra caliza.

El dormitorio en el que entraron al extremo del pasillo era espacioso, poco amueblado, decorado con una mezcla de blanco y negro que abusaba del negro y no tenía suficiente blanco. Un cuarto de invitados, probablemente.

Él entró delante y su quitó la chaqueta.

–Ésta es tu habitación –dejó la chaqueta en una silla del rincón–. A menos que quieras dormir en la mía.

Beth no sabía si bromeaba y no tuvo tiempo de averiguarlo.

–Me quedaré ésta, gracias.

Landon tendió la mano.

–¿La agenda? ¿Te importa que le eche un vistazo ahora?

–Sí, la verdad es que me importa.

Él chasqueó los dedos.

–Vamos. Dámela, Bethany.

Ella frunció el ceño.

–Dije que podías leerla cuando te casaras conmigo, ¿no?

A él le brillaron los ojos con regocijo.

–Ya hemos recorrido la mitad de ese camino. Cuanto antes vea lo que hace ese bastardo, antes podré destruirlo.

La idea de ver destruido a Hector resultaba muy agradable.

–De acuerdo –dijo Beth–. Pero sólo las dos primeras páginas. Podrás leer las otras después de la boda.

Esperó a que Thomas subiera su maleta y sacó la agenda de un compartimento exterior cerrado con cremallera.

–Vale, hablemos de nuestro plan. Quiero que Hector se quede sin nada. Nada de nada.

Vio que él sonreía y sonrió a su vez. ¿Cómo hacía él aquello? Siempre que sonreía, ella se descubría sonriendo también como una boba.

Le tendió la agenda y siguió con la vista sus movimientos. Landon se sentó detrás de un escritorio y la abrió con calma.

–¿Por qué te casaste con él? –preguntó.

–Era joven y estaba embarazada –Beth se sentó en el borde de la cama, incómoda de pronto–. Y sí, bastante estúpida.

Él pasó una página y no alzó la cabeza. Su perfil duro y aquilino resultaba inexpresivo.

–Solía preguntarme por qué se había casado él conmigo –confesó ella con un encogimiento de hombros–. ¡Me sentía tan halagada! Me llamaba todos los días y me pedía que nos viéramos. Y supongo que vio que era buena hija con mis padres. Él quería una esposa obediente y dócil. Todos los hombres desesperados por sentirse poderosos quieren a alguien más débil.

Landon levantó la vista y sonrió.

–¿Tú eras dócil, Beth? ¿Y qué te ha pasado?

Ella soltó una carcajada.

–¡Oh, basta!

–¿Alguna vez te dejaste medicar por él?

Ella frunció el ceño por la dureza con que había pronunciado él la palabra «medicar». Hector le había diagnosticado problemas muchas veces. Tenía que crecer, tenía que ser más seria, tenía que comportarse más como su mujer. Pero, al parecer, no tenía medicinas para sus males.

–Hector se especializa en el dolor crónico. Y a mí nunca me dolió nada aparte del orgullo.

Él bajó un dedo por la página de la agenda y leyó un nombre.

–Joseph Kennar. Es uno de nuestros periodistas.

–Está vendido.

Landon no pareció sorprenderse.

–Desgraciadamente, todo el mundo está en venta –siguió leyendo–. Macy Jennings. Otra periodista nuestra.

–También vendida. Hector haría lo que fuera por procurar tener buena reputación. Quiere codearse con los ricos y poderosos, y le ayuda que en la prensa se hable bien de él. Pero sospecho que con Macy hizo algo más que intercambiar dinero por favores.

–¿Y tú le dejaste?

–Bueno… creo que yo prefería ignorarlo. Pensaba que lo toleraba por David.

–¿Y más tarde?

–Después ya no pude hacerlo ni por mi hijo –admitió.

Por fin había encontrado valor para dejar a aquel gusano. Había contado a David la nueva «aventura» que emprendería con su mamá y su hijo se había mostrado entusiasmado.

Tomó una almohada cercana y la apretó contra el pecho, pues de pronto necesitaba agarrarse a algo. Siempre que pensaba en David, se le revolvía el estómago como si la hubieran envenenado.

–Dejé a Hector hace un año. Me llevé a David y encontré trabajo en una floristería. Hector se puso en contacto unas semanas después. Me pidió perdón y dijo que quería que volviera, pero yo sólo quería estar libre de él. Pedí el divorcio y, cuando se enteró, me amenazó y dijo que no vería ni un centavo. Tenía razón, no lo he visto. Pero yo estaba contenta viviendo con David y con mi madre. Hasta que él pidió la custodia.

–Te atacó donde más dolía –Landon cerró la agenda.

Tal y como ella le había pedido, había leído sólo dos páginas. Y algo en eso, su respeto a la petición de ella, hizo que las defensas de ella se agrietaran un tanto.

Era un hombre honorable.

–Atacó donde más dolía –corroboró. Cerró los ojos un instante hasta que pasara el dolor–. Me destrozó. No pude explicarle nada a mi hijo ni despedirme de él.

Landon se recostó en la silla y apretó los labios con disgusto.

–No te preocupes. Hector pagará por eso.

Una oleada de vergüenza embargó a Beth.

Debería haber hecho algo antes. Debería haber salido huyendo con su hijo en el momento en el que éste había nacido.

Hector se había casado con ella y por un tiempo Beth había creído que la quería. Pero en pocos meses había descubierto la verdad. Ella había sido el medio para dar celos a otra mujer. Hector estaba loco por la esposa de Landon, deseaba fervorosamente lo que no podía tener y odiaba al hombre que había arruinado sus posibilidades con ella.

Beth nunca había entendido aquel odio de Hector... hasta ahora que la corroía a ella, que exigía algún tipo de retribución, que exigía que ella buscara justicia de una vez por todas.

Hector había mentido con respecto a ella y se había llevado a David.

La había convertido en una persona enferma que sólo pensaba en vengarse. Ella nunca había sido así de retorcida, pero la idea de perjudicar a su exmarido la atraía tanto que se entusiasmaba sólo de pensarlo. Sus fantasías por la noche no eran románticas ni femeninas. Estaba tan frustrada que imaginaba lo bien que se sentiría cuando arrancara los ojos a aquel bastardo.

¿Landon sentía también lo mismo?

¿No se pararía ante nada hasta que resultaran ganadores?

El pulso se le aceleró cuando él echó atrás la silla y se levantó con la gracia de un felino salvaje. Un felino grande que había insistido en que, si quería dormir con alguien, durmiera con él.

—¿Estás preparada para esta noche? —le preguntó—. La prensa puede ser agotadora y mi madre también.

Ella arrugó la nariz. Sí, estaba más que preparada para esa noche. Había nacido para ello.

—Créeme, la mía también.

Él arrugó la frente con curiosidad genuina.

—¿Qué le has dicho a la tuya?

—Que por fin he encontrado un caballero andante —al ver que él no sonreía, Beth se puso seria y apretó más la almohada—. Le he dicho que me voy a casar con un hombre que puede ayudarme a recuperar a David y se ha alegrado mucho. ¿Y tú? ¿Tu madre?

—Le he dicho que debía prepararse para recibir a mi nueva esposa. Se ha quedado sin habla, lo cual no es corriente en mi madre.

—¿Pero sabe que es temporal?

Él se encogió de hombros.

—No he entrado en detalles, pero adivinará lo que ocurre cuando sepa quién eres.

—Era —corrigió ella; él se dirigió a la puerta—. Me estoy reinventando.

Landon giró hacia ella y se cruzó de brazos.

—¿Quién quieres ser ahora?

—Yo. Bethany. La persona que era antes de que Hector Halifax me pusiera sus sucias manos encima.

Por primera vez en muchos años, se sentía esperanzada mirando la figura morena de Landon y se preguntó si él era consciente de aquel regalo que le hacía sin saber.

Lo olía en la habitación, un olor a colonia y jabón que resultaba muy reconfortante. La sangre se le aceleró en las venas. Él tenía un cuello bronceado y grueso, y sus manos eran grandes, con dedos largos y elegantes. Siempre la habían fascinado las manos de los hombres y las de él eran muy viriles.

–¿Te he dado ya las gracias? –preguntó, con voz extrañamente espesa.

Él guardó silencio un momento.

–Espera a que recuperes a tu hijo.

A ella le subió la temperatura. Él era tan poderoso y viril y resultaba tan amenazador que Beth tuvo que recordarse que estaba de su lado.

–Landon –dijo antes de que saliera–. ¿Te importa que invite a David a la celebración de esta noche? Me gustaría invitar a mi hijo.

–No me importa.

–Pero ¿y si viene con él?

–¿Halifax? –Landon se apoyó en el marco de la puerta–. No se atrevería.

–Pero ¿y si lo hace? Tú serías educado, ¿verdad? No quiero que David perciba ningún tipo de violencia.

Él hizo una mueca.

–Beth, voy a situar a una docena de periodistas por la estancia para que me fotografíen mirándote con adoración. Créeme, no pienso anunciar al mundo lo que estamos haciendo –le guiñó un ojo–. No te asustes, todos pensarán que hacemos el amor, no la guerra.

Capítulo Cinco

Cuando se dirigían a la fiesta de compromiso, estaba muy nerviosa.

Landon iba sentado al volante de un Maserati deportivo azul y marrón que devoraba la autopista mientras Beth repetía en su mente la llamada que acababa de hacer.

No esperaba hablar con David, pues era demasiado pequeño y estaba demasiado vigilado para contestar personalmente al teléfono. Pero le había explicado a la niñera su fiesta de compromiso y cómo le gustaría que David estuviera presente. Y había rezado para que la mujer la recompensara ahora por la amabilidad con que la había tratado en el pasado.

«Diga que va a dar una vuelta con mi hijo», había pensado al darle la dirección del hotel, «y tráigame a mi hijo para que pueda verlo esta noche».

Consideró la posibilidad de que Anna mencionara la llamada a Hector y se le encogió el estómago. No, no quería ver a su exmarido hasta que fueran a juicio.

Landon la miró en el interior del coche y ella se estremeció debido a la proximidad de él. Hasta entonces no había sabido que podía responder así ante un hombre.

—Tranquila, Beth —la voz de él cortó el silencio—. Confía un poco en mí. Hector perderá su orgullo, su palabra, su empresa y a su hijo sin saber lo que ha pasado.

Pero fue Beth la que se llevó un buen golpe una hora después, iniciada ya la celebración en los jardines del prestigioso club de golf La Cantera. Y ella sí sabía de dónde procedía el golpe.

De la figura que le cortaba el paso al vestíbulo del hotel.

Había creído oportuno entrar un momento a revisarse el maquillaje antes de que la prensa empezara a hacer fotos. Tenía que estar elegante y respetable. Mostrarle al mundo que no era una fulana ni tampoco la madre negligente que Hector había dicho que era.

Había estado deseando ver a su hijo.

Pero no lo vio a él. En lugar de eso, se encontró con Hector.

Se quedó paralizada. Había tanta antipatía en el aire, que sintió la presencia de él como un ataque a su persona.

Él estaba allí, rubio y de ojos azules, bajo la luz de la luna. La gente a menudo los tomaba por hermanos. Pero no, él era un monstruo. Un monstruo educado de corazón frío.

Hector miró el cuerpo de ella… el vestido que Landon le había proporcionado en el último momento. Elegante, de color azul medianoche, que hacía que su piel pareciera suave como la porcelana y sus ojos más eléctricos.

A ella le latió con fuerza el corazón.

La cara de doctor de Hector, la que usaba para convencer a sus pacientes de que hicieran lo que les decía, le falló en ese momento. Cerró la boca con fuerza y se sonrojó como si lo enfureciera verla viva y con buen aspecto. Dio un paso al frente.

–Te vas a casar con Gage –dijo burlón–. ¿Te vas a casar con Gage y esperas que te deje ver a nuestro hijo? ¿Por qué lo has llamado? Tienes prohibido hablar con él. Tienes prohibido verlo. ¿O lo has olvidado?

Era una confrontación. Y ella odiaba las confrontaciones.

«Aquí no».

Miró a su alrededor y, al no ver nada más que sombras, se le contrajo el pecho con una opresión de mal agüero.

Nadie podía oírla a menos que gritara.

¿Pero iba a gritar con periodistas allí?

No quería hacerlo. No había gritado la vez que había encontrado una tarántula peluda en su cocina y no lo haría en ese momento.

Además, ahora tenía a Landon.

–David es tan hijo mío como tuyo –¿cómo se atrevía Anna a decirle que había llamado? ¿Cómo se atrevía él a quitarle a David? ¿Cómo se atrevían?

–Y no volverás a verlo. Yo me encargaré de eso.

Él la agarró por el codo y tiró de ella hacia sí.

–Si se te ocurre contarle algo a Gage sobre mi consulta o sobre mí… –le siseó al oído.

Beth se soltó de un tirón.

–¿Qué? ¿Qué vas a hacer? –preguntó con rabia.

–Tú no quieres saberlo, Beth. Pero te aseguro que desearás no haber abierto la boca.

Ella sintió un golpe de viento que le soltó mechones de pelo. Los apartó y miró una vez a su alrededor, ahora con frenesí, deseando que Landon la viera. Casi deseó que sus mastines estuvieran allí flanqueándola.

–Si le pones la mano encima a David… –advirtió con valor renovado. Apretó los puños.

–No necesito ponerle la mano encima para hacerle daño y tú lo sabes. Sólo le contaré la verdad sobre su madre y veremos si le gusta.

–¡Mentiras, todo mentiras! –ella se apartó deseando huir–. Ahora no estoy sola, Hector –dijo, tras respirar hondo–. Landon es mucho más poderoso que tú –le informó con orgullo–. Y no descansará hasta que David esté donde debe estar.

–Tú eres mía, Beth –siseó Hector–. Aquí dentro –se golpeó la cabeza con los nudillos–. Eres débil y yo te controlo. Volveré a tenerte y tú volverás arrastrándote conmigo. Recuerda mis palabras.

Se volvió sin más y se alejó. Ella lo observó irse hasta que se le nubló la vista. El encuentro la había dejado débil. Se dejó caer sobre la falda y se sentó con la espalda en la pared del edificio.

–¡Dios mío! –susurró, temblorosa.

Se cubrió la cara con las manos. ¿Cómo era posible que una persona a la que tanto odiaba le hubiera dado lo que más amaba en el mundo?

–Oiga, Gordon, ¿adónde ha ido mi hija?

–Landon –recordó él a su futura suegra, una mujer animosa con una sonrisa trémula y confusa–. La encontraré, señora Lewis. Deme un momento.

La mujer asintió dos veces con la cabeza con cara confundida. Estaba muy sorda.

Landon la dejó con su marido, que charlaba en ese momento con Julian John, miró a su alrededor en los jardines y optó por acercarse a la entrada del vestíbulo. La prensa se impacientaba. Querían carnaza y el éxito de su plan dependía de que Landon se la diera.

La encontró sentada en el suelo al lado del edificio. Vio su vestido azul medianoche y su perfil cubierto por el pelo. Ella mascullaba algo enfadada.

Landon se detuvo.

–¿Bethany?

Ella echó atrás la cabeza.

–Landon.

–¿Qué haces? –preguntó con nerviosismo. Se acercó y se acuclilló a su lado.

Beth echó atrás el cuello para mirarlo a los ojos. A su sonrisa le faltaba convicción.

–Hola –dijo con voz temblorosa. Suspiró y se frotó la cara con manos inestables–. Estoy aquí sola sintiéndome desgraciada.

Landon tendió la mano y cubrió la de ella con la suya, al principio con timidez, atónito por la reacción instantánea de su cuerpo ante un contacto tan sencillo.

–¿Estás bien?

Hacía mucho tiempo que no tocaba a nadie. Demasiado tiempo que no quería establecer ese tipo de contacto, el contacto que disfrutaba estableciendo con Beth. Ella hundió los hombros y él le agarró los dedos y percibió su perfume a limones. Olía tan bien que se sorprendió inclinándose para inhalar más.

–Hector acaba de estar aquí –ella le apretó la mano.

Él se puso tenso.

–¿Dónde?

Beth suspiró con miedo y Landon pensó en la prensa viendo a Halifax, en éste reuniéndose en secreto con Beth y arruinando la nueva imagen respetable que Landon quería para su prometida.

Le apretó la mano con tanta fuerza que ella hizo una mueca.

–Beth. ¿Dónde?

–Se ha ido, creo.

Landon la soltó. Una furia intensa se apoderó de él. Halifax podía estropearlo todo.

Había tenido el valor de colarse en su fiesta de compromiso y hablar con su prometida, igual que había tenido el valor de acostarse antes con su esposa.

Landon respiró hondo por la nariz, intentando concentrarse y controlar su rabia. Hasta que notó la extrañeza de Beth y se le encogió el estómago.

Buscó algo que decir y le acarició la cabeza rubia. Tenía que reconfortarla de algún modo.

–¡Y yo que creía que habías conocido a mi madre!

Ella emitió un sonido que podía pasar por risa y lo miró.

–Landon, quizá esto no sea buena idea. Que nos casemos.

Él le alzó la barbilla con una mano y la miró a los ojos.

–Quizá te he subestimado y sientes algo por él –murmuró.

–¡Siento odio!

–¡Pues úsalo! Aférrate a él, Beth. Tu odio alimentará el mío. Tú quieres que sea despiadado, ¿verdad?

–Sí.

–¿Quieres que no tenga corazón? ¿Qué lo pisotee?

–Sí.

–¿Quieres recuperar a tu hijo?

–¡Claro que sí!

–Entonces sonríe y ven conmigo. Deja que los periodistas vean bien a mi futura esposa –la ayudó a incorporarse–. Tú sólo finge que me amas.

Capítulo Seis

Los flash cegadores de las cámaras empezaron a disparar en cuanto se acercaron.

Beth puso todo su empeño en sonreír y se esforzó por recordar por qué necesitaba engañar a toda aquella gente. «Tienes que estar fabulosa, enamorada, extática», pensó. «Tan extática que un juez no se resista a darle la custodia de David a una pareja tan deslumbrante».

Landon recibía a la prensa con amabilidad cuando un reportero atrevido se adelantó con un micrófono en la mano.

—Señorita Lewis, ¿qué piensa su exmarido de la boda?

Beth no estaba preparada para esa pregunta. Landon y ella habían revisado algunas cuestiones en el coche y él le había dicho: «Hagas lo que hagas, no mientas. Tergiversa la verdad todo lo que quieras, pero no les mientas. Una mentira matará tu credibilidad y no la recuperarás nunca».

Muy admirable e inteligente por su parte, pero ahora ella lo miró preocupada. Landon sonrió al grupo con un fruncimiento arrogante de los labios que volvía sus ojos fríos como el hielo.

—Si el buen doctor es listo, nos deseará mucha felicidad —repuso él. Hizo una seña con la cabeza, invitando a otro reportero a preguntar.

—Señorita Lewis, ¿cómo se conocieron?

–En una gala benéfica –repuso ella–. Una mirada a este hombre y me conquistó enseguida.

Landon le sonrió y el estómago le dio un vuelco.

–Señor Gage, después de tantos años de viudo, ¿por qué se casa hora?

Landon frunció el ceño como queriendo indicar que pensaba que el reportero era, quizá, un poco tonto. Esperó a que su reacción calara entre los demás y extendió el brazo hacia Beth.

–Mírenla bien, señores, y díganme qué hombre con sangre en las venas no se sentiría honrado de tener a esta mujer a su lado.

Hubo silbidos y gritos de apreciación. Siguieron más preguntas, que Beth y él respondieron con facilidad. Beth intentó mantener un humor ligero y alegre. Landon asintió con la cabeza a un joven que tenía un blog muy conocido de famosos.

–¿Alguna idea de adónde irán de luna de miel? –preguntó.

–A un lugar tranquilo –repuso Landon.

–Señora Gage, ¿qué piensa usted de la boda?

Esa vez la pregunta era para la madre de Landon, que estaba unos pasos detrás de ellos, y a Beth se le encogió el estómago. Su futura suegra la odiaría. ¿Qué mujer no lo haría si veía que arrastraban a su hijo a una guerra?

Las habían presentado unas horas atrás y Beth se había sentido como un gusano. Pero la señora Gage tenía clase y respondió con elegancia:

–Estoy encantada de tener a otra mujer en la familia. No hemos tenido mucho tiempo para hablar, pero ya puedo ver que Beth y yo tenemos mucho en común.

Otro reportero se volvió hacia Garrett.

–¿Y usted, Garrett? ¿Qué piensa de su nueva cuñada?

Garrett puso cara de picardía.

–Lamento que Landon la viera antes.

Los reporteros rieron y Beth se sintió inspirada.

–De hecho, yo lo vi primero a él.

Landon le sonrió, la atrajo hacia sí y ella volvió a sentir mariposas en el estómago. Un momento después, Landon despedía a la prensa.

–La última foto, muchachos.

–Un beso de la pareja.

Él ignoró la petición y dejó que les hicieran otra ronda de fotos.

–Bésela, señor Gage –lo alentó otro reportero.

Él sonrió, tendió a Beth una copa de champán y bebieron juntos entre más fotos.

Beth oyó un coro de peticiones.

–¡Que se besen! ¡Que se besen! ¡Que se besen!

Ella se sonrojó y Landon le tomó la copa y la dejó a un lado.

–Bueno, Beth.

Era inevitable.

–Si les queda alguna duda, más vale que la anulemos ahora.

Por supuesto, ella tenía que hacer aquello por David.

La presión de los dedos masculinos en la espalda la acercó más a él. Sus ojos se encontraron. Él le sonrió, pero su mirada contenía una advertencia. Una petición para que hiciera caso.

Sus ojos eran calor y llamas; carbones negros ardiendo.

«Es todo un espectáculo, sólo un espectáculo».

Beth repetía ese pensamiento como un mantra.

«Poner tu mano en la suya, que te tiemblen las piernas, no recordar por qué estás aquí, todo es puro teatro».

Reprimió un temblor cuando él bajó la cabeza, sonriendo todavía.

Quería sonreír como él, pero no pudo. Era una interpretación, tenía que serlo, el modo en que entreabrió los labios y esperó la boca de él. Landon respiró en su oído.

–Tranquila.

Ella quería derretirse.

El modo en que él se concentraba en su boca le producía mucho calor.

Sus labios se rozaron. Él le rozó la boca con una caricia suave que acabó con cualquier control que pudiera tener ella. Beth contuvo el aliento hasta que le ardieron los pulmones y se encontró clavándole los dedos en los hombros.

El deseo la golpeó como una ráfaga de cañón, haciendo que le temblaran las piernas. Lo agarró más fuerte y él giró la cabeza y cerró la boca sobre la de ella. ¡Vaya! Se merecía un Oscar. Ella se creyó el beso tanto como los reporteros. Fue un beso suave, largo y cálido que la dejó sin aliento.

Landon no terminó el beso con brusquedad, sino despacio, dejando la boca sobre la de ella como si todavía no estuviera dispuesto a separarla, con sus respiraciones mezclándose, y se apartó centímetro a centímetro. Ella casi gimió; le ardían los labios y le quemaba el cuerpo y la intensidad del deseo que él le producía le resultaba inimaginable.

Landon ajustó su postura despacio y se colocó de modo que ella cubriera su erección con el trasero.

Al ver que ella se había sonrojado, agitó una mano a la prensa.

–Basta. Basta ya de fotos por esta noche.

Los flashes se acabaron. Los fotógrafos retrocedieron unos pasos, pero Landon no le permitió a ella ese lujo; su mano grande descansaba en la cadera de ella con aire de propietario. Sus dedos se clavaban en la piel de ella, manteniéndola cerca.

Cuando se dispersó la prensa, Beth se liberó, evitando su mirada, tomó otra copa de champán y se colocó detrás de la seguridad de un roble grande. Allí en la sombra, se dejó caer contra el tronco y parpadeó en la oscuridad.

¿Cómo podía un hombre besar así? Se había sentido acariciada por todo el cuerpo, acariciada de un modo indecente. Nunca había sido tan consciente de tener unos pezones tan sensibles.

¿Cómo iba a poder negarle algo a un hombre que besaba como una avalancha volcánica?

–Lo has hecho muy bien.

Sobresaltada, divisó a su futura suegra a poca distancia. La mujer llevaba un vestido verde esmeralda y un collar de perlas, y su sonrisa exudaba aprobación.

Tanta dignidad y encanto texano hicieron que Beth se enderezara y se pasara las manos por las caderas.

–Soy nueva en esto de la prensa. Es agradable que te traten con respeto para variar.

Una brisa fresca agitó los vestidos de ambas.

–En ese caso, deja que te dé un consejo, Beth –la mujer señaló con la barbilla en dirección a la prensa–. Gánate el corazón de esa gente y te ganarás al mundo.

Beth achicó los ojos, confusa por aquella sabiduría. Esa noche se había visto arrastrada al mundo dorado y brillante de Landon, un mundo de seda, terciopelo y música, y eran todo mentiras, todo mentiras con un único objetivo.

¿La mujer no lo sabía?

—Landon ya está haciendo eso —respondió con cautela—. Ganarse sus corazones y el mundo.

Miró la parte del jardín que llevaba al aparcamiento. Era un jardín amplio y hermoso, pero envuelto en la oscuridad. Oscuro y atrayente como Landon.

Lo vio a él, charlando agradablemente con algunos periodistas. Era un hombre sólido y dinámico; siempre que lo veía, se sorprendía conteniendo el aliento.

—Me pregunto por qué tú.

Ese comentario hizo volverse a Beth. La voz de la mujer no traslucía antagonismo, sólo curiosidad genuina.

—¿Yo?

—Bueno… —la mujer agitó una mano enjoyada en el aire—. Lleva seis años viudo y muchas mujeres han intentado enamorarlo. ¿Por qué tú?

—Yo no lo quiero, señora Gage, y él no me quiere a mí. Pero los dos queremos lo mismo.

Observó a Landon una vez más y lo vio tomar un sorbo de su bebida mientras valoraba lo que lo rodeaba.

—Quizá sea por eso… —añadió para sí.

La mujer soltó un soplido.

—Mi hijo no necesita a nadie para acabar con un hombre.

Beth asintió. Pensó en la agenda, en el contrato prematrimonial y en el próximo matrimonio. Allí había más en juego para ella que para él. ¿Por qué había aceptado casarse con ella? «Porque él también le odia».

—Lo nuestro no durará —dijo en voz alta, incapaz de apartar la vista de su prometido.

–¿Conoces a Kate? –le preguntó Eleanor.

Beth vio a una joven pelirroja que avanzaba hacia ellas. Irradiaba tanga energía que podía haber sido un pequeño sol. A Beth le cayó bien en el acto.

–Soy la del catering –Kate le tendió una bandeja–. Y tú eres Beth. Hola, Beth.

–Kate también es amiga de la familia –el afecto de Eleanor por ella resultaba palpable.

–Soy casi familia –corrigió Kate. Tomó un canapé de su bandeja y guiñó un ojo a Beth con aire conspirador–. Me voy a casar con Julian. El pobre no lo sabe todavía.

Beth miró en dirección a Julian, pero sus ojos no llegaron hasta él, sino que quedaron prendidos en Garrett, que observaba cómo Kate probaba su creación.

–Deliciosa, aunque esté mal que yo lo diga –Kate se lamió los dedos ante la mirada fija de Garrett.

Beth comprendió que estaba inmersa en un juego de celos. Kate sonrió a Garrett y Beth vio la expresión de éste, tensa por la desaprobación y caliente por la lujuria.

–¿Por qué sois todos tan buenos conmigo? –preguntó a Kate cuando su futura suegra se puso a hablar con una pareja.

Kate le dio una palmadita en el hombro.

–Porque tú eres buena para Landon.

–¿Yo? No tienes ni idea de lo que dices.

Ella le había propuesto un juego sangriento de venganza. Se había convertido en una suerte de bruja vengativa. Cortesía de un bastardo arrastrado.

Kate apoyó un hombro en el tronco del árbol.

–La verdad es que los últimos años han sido dolorosos para la familia, viendo a Landon así –Beth miró al hombre alto que en ese momento despedía a la prensa–. Siempre ha sido el cabeza de familia y cuando está tan callado, tan… insensible, hay tensiones, ¿vale? No hacía más que trabajar y trabajar y eso no es sano.

Las dos mujeres lo miraron. Él miró también a Beth y sonrió. Alzó su copa.

Beth le devolvió la sonrisa y alzó también la suya en un brindis lejano.

Compañeros en el delito.

¡Y cómo le gustaba tenerlo de su lado!

A Landon le gustaba cómo miraba ella la multitud en su busca.

Le gustaba también el modo en que intentaba no sonreírle.

Y el modo en que se había derretido cuando lo había besado.

–Sabes que estás sonriendo, ¿verdad, Landon?

Éste apartó la vista de Beth y vació su copa de champán. ¿Sonreía como un idiota? No se había dado cuenta. Llevaba toda la noche con la mente a cien, conspirando, haciendo planes.

–Halifax ha estado aquí –contestó a Garrett.

–¿Qué? ¿Esta noche?

–El hijo de perra ha hablado con Beth.

–¿Puedes confiar en ella?

Landon la miró una vez más. Tenía que pensar con la cabeza.

–Debería hacer que la siguieran.

–¿Qué me dices del detective que te trajo toda la información sobre Chrystine y Halifax?

–¿Sigue siendo el mejor?

57

–Creo que sí –Garrett achicó sus ojos negros como carbones, herencia de su padre–. ¿Por qué quieres seguirla?

Landon frunció el ceño.

–Por tranquilidad personal.

–Tú no crees que la haya enviado Halifax, ¿verdad? ¿Hasta dónde puede llegar su furia?

Landon no podía apartar la vista de ella, que charlaba animadamente con Kate.

–Si llega tan lejos como la mía, entonces es imposible decir hasta dónde puede llegar.

Garrett colocó sus brillantes botas de piel italiana sobre un banco de piedra.

–Todavía puedes echarte atrás. Aún no estáis casados.

Sí, podía. No necesitaba a Beth para arruinar a Halifax. Pero, de algún modo, el deseo de venganza no era tan fiero sin ella.

Recordó lo pálida que estaba unos momentos antes, lo asustada, y la idea de que le hicieran daño le hizo apretar los dientes.

–Halifax podría ser más peligroso de lo que pensamos.

–Cierto –Garrett se encogió de hombros–. Por otra parte, todavía no entiendo por qué te odia tanto.

–Porque él quería a Chrystine. Estuvieron tonteando cuando ella tuvo al niño. ¿Recuerdas los correos electrónicos que me imprimió el detective? ¡Narices, Garrett! Todavía no puedo creer que Beth estuviera casada con esa escoria.

Su hijo había muerto por culpa de aquel bastardo. Y la pérdida del bebé de ojos brillantes casi había matado a Landon. Ningún padre debería tener que pasar por eso, ningún hombre, animal ni mujer inocente que hacían lo que fuera por sus hijos.

–Mientras ataco el negocio de él, necesito saber que Beth está a salvo. Si la siguen, sabré adónde va, lo que come…

–¿Se te ha ocurrido que Halifax puede estar empeñado en tu ruina? Quizá ella le sea fiel todavía. Chrystine lo fue hasta el final.

Landon consideró aquellas palabras. Pero no era justo comparar a Beth con su primera mujer. Chrystine era una escaladora social, una princesa egocentrista, y Landon había sabido desde el principio lo que quería… su dinero y el poder que le daría su apellido. No había pensado darle ninguna de las dos cosas… hasta que ella se quedó embarazada. Y para un hombre como él, el matrimonio había sido la única opción.

Beth, por otra parte, sólo quería recuperar a su hijo.

–Ahora es mi prometida, Garrett, y dentro de unos días será mi esposa, no la suya –gruñó.

Se sintió de pronto posesivo con ella. Esa noche se había portado bien y Landon estaba orgulloso de su actuación durante la sesión de fotos.

–Estás decidido a seguir con la boda –dijo su hermano.

–Sí.

–¿Por qué?

Landon se había preguntado lo mismo una docena de veces. ¿Por qué quería casarse con ella?

Porque le hacía querer vengarse. Porque nunca se cansaba de mirar sus ojos azules… porque había algo en ella que lo atraía cada vez más.

–Ella merece algo mejor –dijo con sinceridad. Mejor que la soledad, las mentiras y Halifax.

La vio apartarse un mechón de pelo de la cara.

–¡Y es tan sexy! –cerró los ojos un instante–. A partir de esta noche dormirá a dieciséis pasos de la puerta de mi dormitorio. Seguro que no pegaré ojo.

Garrett soltó una carcajada y le palmeó la espalda.

–¿Y qué vas a hacer al respecto?

«Paciencia», pensó Landon. «Duchas frías y más paciencia».

–¿Sabes lo que creo? –preguntó Garrett–. Creo que te está conquistando.

Landon negó con la cabeza.

–Te está conquistando.

–Para nada, hermanito. Simplemente me interesa.

–No la has seducido todavía y eso no es propio de ti. ¿Por qué no está ya en tu cama? Te digo que te está conquistando.

–¿Garrett?

Él interpelado siguió asintiendo con la cabeza.

–Te vas a enamorar, hermano.

–¡Cállate, imbécil!

Pero su hermano tenía cierta razón.

Si no tenía cuidado, se enamoraría de su esposa de mentira antes incluso de casarse con ella.

Capítulo Siete

Marcador: un punto para los vengadores y cero para el cerdo.

A la mañana siguiente, Beth tarareaba de lo contenta que estaba con la noche anterior.

Tarareó en la ducha, cuando se cepillaba el pelo, cuando elegía los zapatos que se iba a poner, unos Mary Jane clásicos, y cuando pensaba mentalmente en las recetas que colgaría en la página web de Kate.

Ésta le había mencionado que quería expandir su negocio de catering, crear un blog, una carta y una página web. La noche anterior, Beth había pedido a Landon que le prestara un ordenador y se había puesto a la tarea con la vista puesta en poder hacer algo desde casa cuando recuperara la custodia de David.

Había permanecido levantada hasta tarde, inspirada por el modo en que cambiaban las cosas.

No había cambiado sólo su lugar de residencia. Ella era también diferente. Estaba asumiendo el control de su vida... iba a recuperar a David.

Y esa vez lo conservaría para siempre.

Landon, en cambio, no tatareaba cuando lo vio abajo. Hablaba por teléfono con tono crispado.

—En una hora en mi oficina. Vale. Quiero que empiece a trabajar hoy.

Colgó.

—Buenos días —dijo Beth.

61

Se acercó a la cafetera eléctrica que había en la mesa bufé y lo observó por el rabillo del ojo mientras esperaba a que se hiciera el café.

Él llevaba un traje y corbata negros, iba bien afeitado, con el pelo húmedo todavía de la ducha y echado hacia atrás para mostrar su rostro de huesos duros. Era muy atractivo. Pero esa mañana le preocupaba algo. Estaba taciturno.

–¿Me he perdido algo? –preguntó ella.

–¿Quién le habló a Halifax de la fiesta de compromiso? ¿Tú?

Beth lo miró sorprendida.

–Llamé a David. Tú dijiste que podía invitarlo.

–¿Y con quién hablaste, con Hector?

Ella frunció el ceño consternada.

–Con Anna, el ama de llaves. Creo que ahora es su niñera. ¿Por qué? ¿Por qué tienes esa cara?

Él se acercó al sofá y le lanzó un periódico.

–La foto que sale esta mañana en todos los periódicos excepto el *Daily*, no es la nuestra, es la de Halifax.

Beth dio un respingo al ver la cara odiada de Hector en el papel.

–¡No!

El titular era aún más asqueroso que Hector.

Gage y Lewis tenían una aventura ilícita mucho antes de la fecha de la boda.

–¡Sí! –exclamó él. Golpeó la mesa con el puño.

Beth sintió pánico.

–Tú eres dueño de un periódico, ¿no puedes hacer nada?

–Beth, en la fiesta no estaba sólo mi periódico, había gente de muchos otros.

–¿Y eso es culpa mía? –preguntó ella, ultrajada–.

Siento que no haya salido como planeamos, pero no ha sido por mí. Y tú sabes muy bien que nosotros no... no nos acostamos juntos.

Él la miró de arriba debajo de tal modo que los pezones de ella se endurecieron.

—No, Beth, nosotros no nos acostamos todavía.

A ella le hirvió la sangre en las venas. ¿Cómo que todavía?

—Landon, fue un error llamar a David. Ahora lo comprendo. Pero es sólo un niño. Yo sólo quería verlo.

—Los sentimientos nos hacen ser descuidados, Beth. Tienes que tener la cabeza fría.

—¿Cómo voy a tener la cabeza fría si mi hijo está con ese monstruo?

Él se acercó, la tomó por los hombros y la miró a los ojos.

—Precisamente por eso no puedes poner en peligro nuestra posición. No puedes intentar ver a David hasta que yo te lo diga. No me puedo permitir que hagas o digas lo que no debes delante de Halifax. Eso podría ponerlo todo en peligro. ¿Comprendes?

—Comprendo.

Landon la soltó.

—No te acerques a Halifax en ningún momento —él tomó los periódicos esparcidos por el sofá y los metió en su maletín—. Tengo que irme.

—Te dejas éste —ella miró el periódico como si pudiera destruirlo con una mirada—. ¿Qué vamos a hacer ahora? —preguntó cuando él tomó el periódico.

Landon echó a andar hacia la puerta con decisión.

—Haremos lo que hemos planeado. Nos vamos a casar.

Salió dando un portazo.

Los días siguientes fueron muy ajetreados para Beth.

Tuvo que supervisar la marcha de la casa con Martha, el ama de llaves, y trabajar en su proyecto con Kate, además de preocuparse por David, maldecir a Hector y preguntarse qué hacía Landon, cuándo volvería a casa y si le sonreiría.

Kate, su nueva amiga, estaba encantada de contar con ella. Había dicho que sus ideas para la comida infantil eran brillantes. Recetas para niños, como la de dedos de pollo sobre un lecho de patatas fritas. Sólo con saber que Kate pensaba que la idea podía funcionar, Beth estaba ya contenta.

Le había preguntado también si podían ofrecer recetas gratis en la página web y ganar dinero ofreciendo publicidad y Kate le había dado carta blanca.

La página web no estaba terminada, pero Beth ponía toda su creatividad en diseñarla hasta el último detalle e incluso había hecho que, cuando un cliente navegara por la página, apareciera una zanahoria pequeña en vez de un cursor de ratón.

Y Landon no dejaba de interrogarla sobre Hector, más decidido que nunca a encontrar esqueletos en el armario de esa bestia. Beth había conseguido resistirse todavía a entregarle la agenda. Básicamente porque quería que tuviera algún incentivo para casarse con ella.

Pero le resultaba difícil no anhelar su compañía cuando él se iba a trabajar. Él jugaba al Monopoly con avaricia, era despiadado en el ajedrez y le encantaba dar una vuelta con ella por la noche en alguno de los coches de su colección. A medianoche, cuando había poco tráfico, se saltaba todos los límites de velocidad.

¿Hector creía que había ganado al sobornar a la prensa después de su fiesta de compromiso? ¡Ja! Eso no le resultaría tan fácil con el juez. Esa vez no.

Beth sonrió a su imagen en el espejo y lo repitió en voz alta:

—Esta vez no, cerdo.

Era el día anterior a su matrimonio y Landon seguía en el periódico. Beth se hallaba delante del espejo ovalado del tocador ataviada con su vestido de novia, aunque no sabía por qué le había parecido importante volver a probárselo.

El vestido era más sexy de lo que recordaba. Ceñía su cuerpo de un modo muy tentador. El corte, aunque modesto, conseguía resultar moderno y atractivo, y el color crema le daba un aire…

—Espectacular.

Beth se puso tensa. Vio la mirada de Landon en el espejo y se sonrojó.

—Es mala suerte que el novio vea a la novia en su vestido de boda —Beth tragó saliva y se volvió—. Pero como nosotros nos vamos a divorciar…

Él permanecía inmóvil como un centinela bloqueando la puerta.

Le brillaban los ojos. Recorrió con ellos despacio el cuerpo de ella, de la cabeza a los pies, y ardían con tanto calor que quemaban la parte de ella que tocaban.

Beth se mordió el labio inferior y no pudo reprimir un estremecimiento.

—Parece que esté pegado a mi piel —tiró del satén en las caderas.

—Lo único que está pegado a tu piel son mis ojos.

La voz de él era ronca y a Beth se le derritieron los muslos. Agachó la cabeza y se soltó el pelo, que usó para crear una catarata y que él no pudiera verla sonrojarse.

Cerró los ojos, se cubrió la cara con las manos y reprimió un gemido.

–¿Puedes hacer el favor de salir? Me pones nerviosa.

Mantuvo los ojos cerrados y agudizó los oídos para oírlo marcharse. Con suerte, él cerraría la puerta al salir.

Pero en la habitación no se movió nada por un momento. Luego oyó pasos, pero se acercaban a ella. Y de pronto Landon estaba demasiado cerca y su aroma familiar penetraba en los pulmones de ella.

Él le rodeó la cintura con los brazos y murmuró su nombre mientras la atraía hacia sí.

Beth, que se sentía vulnerable y desnuda en sus brazos, le puso las manos en los hombros en un intento pobre por apartarlo, pero no se atrevió a abrir los ojos.

–¡Mírame! –dijo él.

Ella se mordió el labio inferior y se negó a obedecer.

Él le subió las manos por la columna y sus dedos le acariciaron la piel desnuda de la espalda.

–Mírame, Beth –murmuró con voz ronca.

Ella sintió la presión suave de su mano en la nuca, atrayéndola hacia sí hasta que sus labios estuvieron muy cerca.

–Y dime que tú no quieres esto.

La besó en los labios. Ella se puso rígida e intentó combatir el beso, pero los labios de él eran cálidos y suaves, y cuando le deslizó la lengua en la boca, ella estuvo perdida. Perdida en un beso lleno de anhelo y cargado de deseo, un beso estremecedor, devastador y hermoso, un beso de un hombre al que deseaba, temía y admiraba.

De pronto él era más importante que el aire y todas las defensas de ella se desmoronaron. Le clavó los dedos en los hombros y su boca empezó a moverse con frenesí bajo la de él.

–Más –susurró él. Movió la cabeza–. Dame más.

Ella soltó un gemido, que apagó la boca de él. Él sabía a café y olía a hombre. Sus manos le acariciaban la espalda con ansia y la apretaban contra él.

Ella aventuró a su vez las manos por la espalda de él y le acarició la nuca. Él la estrechó con más fuerza y gimió en su boca. Frotó su erección contra ella con movimientos sugerentes de las caderas.

En vez de asustarla, su excitación le produjo una ola de calor y los músculos del vientre se le encogieron de deseo.

Pero aquello era una locura.

Ella lo apartó y tomó aire con fuerza. Él se retiró, tomó el rostro de ella entre las manos y la miró a los ojos.

–No pienso disculparme –advirtió.

Beth estaba mareada. Se aferró con los puños al cuello de la camisa de él.

–¿Por qué? ¿Por qué me has besado?

Él no contestó. Apartó con gentileza los dedos de ella de su camisa, le puso los brazos a los costados y sonrió desde la puerta.

–Buenas noches, Bethany.

***

Todavía tenía el sabor de ella en los labios.

Eso le divertía. Lo enojaba. Le hacía sentirse hambriento.

Landon miraba a la visión rubia de ojos azules y vestido color crema mezclarse con la multitud y la masa colorida de bailarines.

Por deseo expreso de ella, habían planeado una celebración pequeña, algo sencillo.

La casa de él estaba llena de azucenas, música y velas. Había también un bufé prometedor. Un bufé que posiblemente no podría calmarle el hambre. No, nada podía apaciguar su hambre, aquel vacío doloroso que pedía más.

La sangre le hervía de deseo y había sido así durante todo el camino hasta el ayuntamiento. Había observado su pelo rubio rozarle los hombros y sus pechos subir y bajar bajo el vestido ceñido.

Habría podido inclinarse y volver a besarla, pero ella no estaba preparada. La noche anterior lo había apartado. Y Landon estaba dispuesto a esperar a que confiara en él y lo respetara. Quería que ella acudiera a él.

Su esposa…

Se apartó con esfuerzo de la columna de mármol del salón y se metió en la fiesta, donde Kate charlaba con Beth.

Ésta lo divisó, dijo algo a la primera y las dos se adelantaron hacia él.

La gente circulaba por la sala de estar y la pequeña pista de baile, pero el ruido que hacían parecía lejano y no importaba.

Porque Beth y Kate se acercaban cada vez más.

A Landon se le aceleró el pulso.

Alguien lo detuvo con una palmada en la espalda.

–He observado que no has besado a la novia –dijo Julian.

Garrett iba con él, y los tres miraron cómo se acercaban las mujeres.

–¿Y eso por qué?

Landon bajó la voz para que no la oyera Beth.

–Es hora de que la bese en privado.

–Estoy disgustada porque no has probado mis rollos de espinacas –dijo Kate a Julian, extendiendo la bandeja que llevaba.

Pero fue Garrett el que enseguida tomó uno, soltó un ruidito y lo probó.

–¿Y bien? –preguntó ella–. ¿Está buena?

Garrett dijo algo, pero Landon no lo oyó. Miraba ansiosamente la boca de Beth. Su fragancia inundaba los pulmones de él, un olor dulce y femenino que lo alteraba por dentro.

–Hay más –comentó Kate–. Y también hay baile. Sabéis lo que es eso, ¿verdad? ¿Algo que hace la gente para divertirse?

Garrett murmuró algo, le quitó la bandeja, se la puso a un camarero en las manos y tiró de ella hacia la pista de baile. Julian se alejó. Beth se colocó un mechón de pelo detrás de la oreja.

Landon se acercó y, antes de que ella pudiera girarse para alejarse, tendió la mano y le tomó la muñeca.

–¿Quieres bailar?

¡Era tan sexy!

Beth asintió antes de darse cuenta de lo que hacía y se dejó guiar por él hasta la pista.

Habían organizado una celebración pequeña, pues ya habían sonreído antes para las fotos de la prensa. Beth había conocido a algunos amigos de Harvard de Landon y algunos colegas de negocios. Habían hecho de todo menos bailar. En realidad habían hecho de todo menos portarse como una pareja de recién casados.

Hasta ese momento.

Su corazón saltaba como un conejo inquieto cuando llegaron al rincón más alejado de la pista de baile. Sintió las manos de él en la espalda y respiró hondo. Sonó la música y Landon la atrajo al círculo de sus brazos. El recuerdo del modo en el que la había besado la noche anterior, el modo en que le había afectado a él verla con aquel mismo vestido hizo que se le encogiera el estómago.

Puso las manos en los hombros amplios de él y buscó temas de conversación en su cabeza, pero sólo pudo encontrar uno.

—Me besaste —musitó.

Él la estrechó con más fuerza.

—Recuerdo que tú me devolviste el beso.

Su voz, tan próxima, le provocó a ella un cosquilleo en la columna.

Landon, vestido con traje negro y corbata color plata, resultaba tan atractivo que a Beth le costó un esfuerzo enorme concentrarse en lo que hacía.

—Landon, quería hablarte del juicio —dijo.

—Beth, no quiero hablar de eso ahora.

—Pero yo sí. Pensaba sacar el tema mañana después de que vieras la agenda, pero también podemos comentarlo ahora. Cuanto antes podamos recuperar a David, antes podremos divorciarnos, ¿verdad?

70

No confiaba en que no cometiera alguna estupidez mientras estuviera casada con él.

Se lamió los labios con nerviosismo.

–La agenda está arriba. Podrás leerla en unas horas. ¿Cuándo crees que podremos organizar el juicio?

El rostro de él era indescifrable, pero la firmeza de sus brazos en torno a ella le producía la sensación de sentirse atrapada y protegida a la vez.

–Tenemos que estar casados un tiempo antes de pedir la custodia. Y antes de hacerlo, tengo que asegurarme de que vamos a ganar. Odio decir esto, pero tú no puedes permitirte perder otra vez.

La mirada de Beth se cruzó con la de Kate, que bailaba con Garrett. Se sonrieron.

–Cada día que pasa me da más miedo perderlo –suspiró Beth–. ¿Y si él ya no me quiere? ¿Y si es demasiado tarde?

–Tu hijo te quiere. ¿Cómo podría no quererte?

Beth lo miró a los ojos.

–¿Y si deja de hacerlo? ¿Y si cree que lo he abandonado, y si le han dicho que soy un monstruo y lo ha creído?

La ternura con la que la miraba él desató un nudo de tristeza en el interior de ella.

–Tienes la sensación de haberle fallado –murmuró él, acariciándole la espalda.

Su caricia reconfortante hizo que a ella le oprimiera la garganta la emoción.

–Seguramente es así.

–¿Piensas que deberías haber previsto esto, haberlo protegido?

Ella alzó los brazos y hundió las manos en la masa sedosa de su pelo. Landon se puso tenso. Sus manos

71

se detuvieron y el pecho le vibró como si reprimiera un gemido.

Empezaron a moverse de nuevo lentamente con la música.

Ella estaba embrujada por la profundidad de los ojos de él, por su comprensión... y de pronto supo que él ya no hablaba sólo de ella. Bajó la voz para que nadie más pudiera oírla.

–Tú tampoco podías saberlo. Los accidentes ocurren.

Él la atrajo hacia sí y un músculo se movió en su mandíbula.

–Yo podía haberla detenido. Oí la puerta, sabía que no había nada entre nosotros, sospechaba que ella no estaba bien.

Beth no se dio cuenta de que acariciaba con ternura la mandíbula de él hasta que le oyó respirar hondo.

Landon giró la cara en la mano de ella y le besó la palma.

–A tu pregunta anterior, no. No es demasiado tarde para ti –murmuró.

Beht suspiró.

–No hablemos más de eso –dijo–. ¿Te gusta bailar? –preguntó para cambiar de tema.

Él sonrió.

–Bailaría si tú empezaras a moverte conmigo.

Ella rió y se movió un poco más.

Él bajó las manos por la espalda de ella.

–Madre y Kate se quedan esta noche –musitó–. No quieren conducir tarde hasta Alamo Heights. Me temo que hoy tendrás que compartir mi habitación.

Ella contuvo el aliento. La idea de estar cerca de él

era muy dura. Tenía la sensación de que podía resistirse a todo y a todos excepto a él.

–¿Y la otra habitación, la del pasillo…?

–Es el cuarto de mi hijo. Y ahí no duerme nadie.

El cuarto de su hijo. Ella abrió mucho los ojos. ¡Él no lo sabía! No lo sabía o no hablaría así de su hijo.

Sintió una punzada de dolor. Él debía pensar que la aventura de Chrystine y Hector había empezado después de que se casara con Chrystine. Beth había creído lo mismo hasta que un día Hector le había dicho que llevaba años acostándose con aquella mujer.

Odiaba pensar que Landon no sabía que Chrystine y Hector habían tonteado antes de que Landon la conociera y que, cuando ella se quedó embarazada, él no era el único padre posible.

Sólo había sido el más conveniente para los propósitos de Chrystine.

Se le encogió el estómago de dolor. Ella podía decirle que su primera esposa había sido una actriz increíble y una embustera muy convincente. ¿Pero para qué abrir esa herida? ¿Por qué causarle ese dolor con lo bien que se había portado con ella?

Necesitaba una copa. O muchas.

Landon, que desconocía la causa de su tensión, aflojó un poco el abrazo.

–Tranquila, Beth. No te voy a hacer daño.

Ella se estremeció. Cerró los ojos y dejó que su tensión se disolviera en la fuerza de él.

–Lo sé.

Y ella tampoco le haría daño a él. Al menos no en aquel momento ni con aquella verdad.

Capítulo Ocho

En conjunto, Landon habría dicho que la boda había sido un éxito.

Los periodistas habían hecho fotos, casi todos sus amigos se habían marchado y ya sólo quedaba la familia, instalada en los sofás gemelos del despacho, que tenía las paredes llenas de libros.

Beth iba por su cuarta copa de champán. Landon había consumido el doble. Ella sonreía ahora como si fuera feliz, sonreía como… Landon no sabía como qué, pero su sonrisa era tan bonita que le hacía sonreír también a él.

—Estoy pensando en algo plateado —dijo Helen, la madre de Beth.

Todos intentaron adivinarlo y Landon vio que Beth tendía la mano hacia un platito de fruta y tomaba unos arándanos.

«Nota: le gustan los arándanos».

No dejaba de preguntarse cosas, como si dormiría con calcetines, si su jabón olía como ella, si suspiraba cuando hacía el amor o gemía.

—Landon, te toca.

Él miró a Kate.

—¿Me toca qué?

—Las veinte preguntas.

Beth dejó de sonreír y lo miró expectante. Landon sintió un ramalazo de deseo intenso. No conse-

74

guía entender la atracción irracional que ella le producía. Se rascó la barbilla con el índice y el pulgar, incapaz de pensar en nada.

—Algo azul —dijo al fin.

Su madre tomó un sorbo de té y sus hermanos empezaron a adivinar sonrientes. Landon negaba una y otra vez con la cabeza. Y Beth estaba… no había palabras para describirla. Aquel vestido ceñido le sentaba admirablemente. Él quería usar los labios para quitárselo y los dientes para…

Se acercó a ella entre aplausos y gritos de ánimo de los demás. Beth palideció y retrocedió para esconderse entre los cojines del sofá.

Landon bajó la mano, le tomó la delicada barbilla y la obligó a mirarlo a los ojos. Ella había apartado la mirada y ahora él comprendió por qué. Estaba claro en sus ojos. Ella temía aquello, el hambre que había entre ellos.

—¿Qué te crees que estás haciendo? —murmuró Beth cuando él tendió la mano para tomar un puñado de pelo rubio.

Los mechones se deslizaban como seda entre sus dedos. Él quería aprenderlo todo sobre aquella mujer, quería que lo mirara como su madre había mirado a su padre antes de morir, con amor, sabiduría y unidad.

Ella contuvo el aliento cuando él bajó la cabeza y él, al hablar, le rozó la oreja.

—Los ojos de mi esposa son azules, ¿no?

Le puso una mano en la nuca con gentileza y bajó la boca para cubrir la de ella. Ella abrió los labios y Landon deslizó la lengua en su interior. La familia aplaudió. Él sabía que tenía que detenerse, pero ella acababa de echarle los brazos al cuello y había torcido un poco la cabeza y él prolongó el beso para ver si podía saborear su furia, su odio, su pasión y su deseo. Saboreó aquello y mucho más. Sueños, champán, arándanos, deseo…

–Te deseo, Beth –le dijo al oído–. Tanto como deseo destruir a Halifax. Con la misma fuerza.

Se apartó y Beth parpadeó.

Los vítores de la familia dieron paso a comentarios, pero Landon sólo tenía ojos para Beth.

Ella parecía turbada, combatiendo las llamas que se habían ido construyendo entre ambos. Cuando se levantó, le temblaban las manos.

–Creo que me voy a la cama.

Landon no pensaba quedarse allí a oír los comentarios de sus hermanos y las preguntas de su madre. La tomó en brazos.

–Buena idea.

–Landon, tú no acabas de hacer eso.

Como no podía taparse la cara con nada, Beth tenía que fingir que había imaginado las miradas estupefactas de sus familias cuando Landon la transportaba escaleras arriba.

Los pasos de él eran decididos.

–Creo que sí –dijo cuando llegó al rellano.

Los perros iban pegados a sus talones. Ella se retorcía, temerosa de perder el control en cualquier momento. Los besos de él eran cada vez mejores y los pechos le cosquilleaban igual que los labios.

–Landon, bájame.

–Estás bebida.

–¿Y?

–Y me voy a aprovechar de eso –cerró la puerta con el pie detrás de él y la depositó en el suelo. A ella le temblaban las piernas y le daba vueltas la habitación–. Tienes un minuto para meterte en esa cama. Te voy a besar hasta que pierdas el sentido.

–¡Ja! –exclamó ella.

Con manos temblorosas se quitó los pendientes y los zapatos. Lo miró quitarse la chaqueta y el cinturón. Los movimientos de ambos eran apresurados.

–No quiero ni imaginar lo que pensarán todos –dijo ella, con la mano ya en la cremallera del vestido–. Pensarán que estamos haciendo… eso.

Los perros gimieron en el pasillo.

Landon se quitó los zapatos y se bajó los pantalones. Beth parpadeó. Tenía unas piernas largas y musculosas y… Era un sueño de hombre. Una fantasía de mujer hecha realidad.

Entró temblorosa en el baño, se lavó la cara y se puso la camiseta que usaba de pijama y que alguien, probablemente Martha, había llevado allí desde su habitación. Luego se metió en la cama, deslizándose rápidamente bajo las sábanas.

No quería mirarlo y, durante unos segundos, se salió con la suya. Tenía que controlarse, que recuperar la calma.

Se sentía extraña y un poco perversa, como si fuera una travesura encerrarse con su marido. Miró cómo se quitaba la camisa y su pecho la dejó con la boca seca. Tragó saliva.

–No me siento casada –dijo–. ¿Y tú? –aquello era más bien como tener una aventura con el chico malo del pueblo, que además casualmente tenía millones.

–Ya te lo he dicho. Estás bebida.

Ella se puso de lado para darle la espalda y obligarse a dejar de mirar su cuerpo.

–La primera vez que me casé lloré en mi noche de bodas –dijo, porque pensó que hablar la distraería. Pero en ese momento no tenía ganas de llorar.

–Lo siento.

Ella tragó saliva.

–Supongo que fue en aquel momento cuando comprendí que todas aquellas ideas románticas en mi cabeza eran sólo eso… ideas, no realidad.

–La primera vez que me casé yo me emborraché mucho.

Ella se volvió a mirarlo.

–¿Por qué?

–Quizá me sentía arrinconado –dijo él.

Se metió en la cama con calzoncillos.

–Obligado dos veces a casarte –musitó ella, volviéndose de espaldas una vez más–. He dejado encendida la luz del baño. Es el único modo de que pueda dormir.

Él se acercó más. El calor de su cuerpo chamuscaba el trasero de ella. Le puso una mano en la cintura y ella sintió los pechos doloridos y pesados.

–¿De qué tienes miedo? –preguntó él.

–De Hector. Casi toda mi vida de casada dormí sola. Yacía en la cama y rezaba para que él no viniera, aunque a veces me sentía muy sola.

La mano de él le apretó a cintura con gentileza.

–Esta noche no tienes que dormir sola.

–Adoro a David –ella cerró los ojos–. Creo que quería amar a su padre, pero él lo puso muy difícil –«y no quiero amarte a ti».

Los muslos de él rozaron los de ella.

—Beth, esta noche no tienes que dormir sola.

Ella se volvió y se colocó en el borde de la cama.

—Por favor, dime que vas a dormir con algo más decente —dijo suplicante. ¿Por qué no era odioso? ¿Por qué resultaba atractivo y sexy?

Él se sentó en la cama y se miró el pecho con el ceño fruncido.

—No me apetece ponerme nada —la miró a los ojos—. Beth, puedo sentir lo sola que estás, quizá por eso te deseo. ¿No vas a entender tú lo que ha sido esto para mí?

Ella no podía hacer eso, abrirse como un regalo para que él se llevara luego una decepción. Landon, gracias por ayudarme, pero no creo que…

Él se apartó un mechón de pelo de la frente y gimió con frustración.

—Beth, te juro por Dios que, si vuelves a darme las gracias una vez más…

Los perros arañaron la puerta.

—¡Ah, maldición!

Landon saltó de la cama para dejarlos entrar y Beth oyó a los perros dejarse caer sobre la alfombra mientras Landon cerraba la puerta.

Fingió que dormía para que él se quedara en su lado de la cama, y se maldijo por tonta cuando el colchón crujió y él se deslizó detrás de ella. Por supuesto, nada impediría que aquel hombre consiguiera lo que quisiera. La agarró por la cintura y la atrajo hacia sí, y ella tuvo que esforzarse para no gemir.

—Beth —murmuró él.

Le mordisqueó la oreja con el pecho apretado contra la espalda de ella. La sangre de Beth estaba caliente como la lava y la derretía hasta los huesos. Él deslizó una mano debajo de la camiseta de ella, que maulló suavemente.

Un perro gimió.

–¡Cállate, Mask! –él bajó la mano por el abdomen de ella y Beth sintió algo soltándose en su interior. Anhelo. Deseo–. Beth –suplicó él.

Le bajó la sábana hasta los tobillos y ella permaneció inmóvil, sintiendo cómo él le subía la camiseta cada vez más con una mano. Con la otra le tomó las nalgas por encima de las braguita de seda. Lanzó un gemido como si sufriera un dolor terrible y ella se sobresaltó.

El perro volvió a gemir.

–¡Ah, maldición! –Landon saltó de la cama y abrió la puerta–. ¡Fuera, vamos!

Beth oyó los pasos de los animales y esperó expectante.

Landon volvió a la cama y volvió a abrazarla por la espalda, esa vez con más fuerza. Le devoró el hombro con la boca hambrienta y volvió a tomarle las nalgas. Tiró del borde de las bragas.

–¿Puedo quitarte esto? Te besaré y tocaré y… Esta noche sólo haré eso, sólo lo que tú quieras que haga.

Ella cerró los ojos con fuerza. El deseo de él la hacía sentirse tan especial que tenía que recordarse que él probablemente se sentía solo; seguramente quería tomar algo de Hector. No la deseaba a ella, sólo quería sexo.

Pero cuando él deslizó la mano para tocarle un pecho dolorido, ella soltó un gemido.

–¡Ajá! ¿Me deseas? –preguntó él.

Ella hizo un ruidito adormilado.

—¡Estoy tan cansada! —exclamó.

Se tumbó boca abajo y él siguió besándole la nuca.

—Ha pasado mucho tiempo para mí, Beth. No voy a fingir que no te deseo.

No dejaba de tocarla. Parecía estar memorizando sus curvas. Sus manos subían y bajaban por los costados de ella.

—Date la vuelta y bésame, Beth.

Su calor corporal le quemaba la espalda y ella apenas pudo reprimir un gemido cuando le pasó la lengua por el cuello.

—Landon —musitó. Se obligó a permanecer tiesa como una tabla, pero lo que él le hacía era demasiado bueno. Gimió cuando él introdujo una mano bajo su cuerpo y le pellizcó un pezón.

—¡Oh! —ella se arqueó instintivamente y luego casi gritó de placer cuando él acarició el pezón con el pulgar.

—Bésame, Beth.

Ella se volvió jadeante.

—No siento la lengua.

Él la besó y le succionó la lengua. Ella sí sintió eso. Le pasó los dedos por el pecho antes de recordar por qué aquello no podía ser.

—¡Oh, no! No deberíamos… ¡Landon, no! —se enderezó y lo apartó. Se alisó la camiseta con manos temblorosas—. Lo siento, no puedo. No después de los papeles que firmé.

Él la miró un momento y luego respiró hondo.

—No pienso perder otro hijo. Si te quedas embarazada, lo quiero.

Ella intentó recuperar la sábana; necesitaba aferrarse a algo que no fuera él.

—Y yo no pienso entregar a otro hijo mío ni siquiera a ti. No correré ese riesgo. Disculpa, pero estás sentado en la sábana.

Él maldijo y la abrazó con tanta fuerza que los senos de ella se aplastaron sobra su pecho y ella tuvo que soltar las sábanas a las que tanto deseaba agarrarse.

—Deja de pensar tanto y siente por un minuto —gruñó él. Le acarició el pelo y murmuró—: Tranquila, no te voy a hacer daño. Sólo te voy a dar placer. Te voy a hacer olvidar a todos los hombres de tu vida aparte de mí.

Ella quería dejarse llevar, quería besarlo, estar con él y darle a su esposo un regalo de bodas muy especial.

Pero él no era su esposo de verdad y ella no podía repetir sus errores y volver a sufrir. Se soltó y consiguió taparse con la sábana. Su voz, aunque intentó que sonara firme, se quebró al final.

—La agenda está en el cajón superior de la mesilla. Estoy segura de que será eso lo que quieras leer esta noche, teniendo en cuenta que te has casado conmigo por eso.

Él no se movió durante un minuto. Después fue a buscar la agenda, salió de la estancia y cerró la puerta.

Capítulo Nueve

Landon había pasado a menudo con su primera esposa por la excusa del dolor de cabeza. Sabía cuándo una mujer estaba dispuesta y cuándo no, y desgraciadamente, Beth no lo estaba.

Sentado detrás de su escritorio, agitó la agenda en el aire delante de sus hermanos.

—La clave de mi éxito.

Se la tendió y los observó hojearla, primero Garrett con el ceño fruncido y después Julian John enarcando las cejas.

—Yo pensaba que tu disposición habría cambiado después de anoche —murmuró Garrett.

—Me he pasado la noche de bodas leyendo esa joyita, no con mi esposa.

Hubo un silencio.

—¿Y por qué demonios has hecho algo tan estúpido?

—Ella no me desea, Garrett.

—Es una broma, ¿verdad?

—Esto no es tema para bromas.

—¿Ella no te desea? —las palabras quedaron colgando en el aire y Landon apretó los dientes—. No me lo creo.

—Créetelo.

Julian alzó la vista de la agenda.

—Todas las mujeres te desean. Tú tenías novias antes de tener tu primera bici.

–¿Por qué te no va a desear Beth? –preguntó Garrett.

Landon creyó que había llegado el momento de cambiar de tema.

–Dos nombres –sacó dos dedos–. Macy Jennings y Joseph Kennar. Están vendidos.

–Imposible.

–Posible –repuso Landon–. Al parecer, Halifax les envía depósitos de diez mil dólares cada dos meses para asegurarse una buena cobertura de sus tratamientos «milagrosos». Tenemos que buscar el modo de controlar sus llamadas y conseguir pruebas sólidas de lo que hacen. Además, eso nos ayudará a averiguar lo que se propone Hector.

Garrett se arremangó la camisa y se escribió algo en el brazo.

–Vale, hecho. Estoy deseando despedir a esos capullos.

–Bien. Y hay otro nombre interesante en la agenda, cerca de las últimas páginas. ¿Lo veis?

Julian enarcó las cejas.

–¿Miguel Gómez?

Landon asintió con la cabeza.

–El mismo. Miguel Gómez, alias el Milagro. Es famoso por pasar droga de contrabando desde México a los Estados Unidos.

–¡Ah! La historia se complica –Garrett chasqueó los dedos–. La agenda ha hablado.

–Así es –Landon tomó unos papeles que tenía delante y se los pasó a Garrett–. La compañía de seguros ha paralizado ya algunos pagos de Halifax. Ha habido alegaciones de que duplica algunas reclamaciones y están pensando demandarlo.

Garrett hizo una mueca.

–Fraude a Sanidad. ¡Qué divertido! No debería ser muy difícil probar eso.

–No debería –la mirada de Landon pasó de uno de sus hermanos al otro mientras revisaban la información–. ¿Uno de vosotros podría organizar una entrevista con alguno de sus ayudantes? ¿Tal vez la enfermera jefe? Necesitamos que hable y que diga cosas interesantes sobre el carácter de Halifax.

–Considéralo hecho –declaró Julian.

Landon asintió y miró los titulares de los periódicos esparcidos por su mesa.

Boda sorpresa.

Magnate millonario vuelve al altar.

Amor en la era del dinero.

Le complacía que no hubiera hostilidad en los artículos, algo crucial para que ella recuperara a David.

–¿Te ha dicho Garrett que mamá ha invitado hoy a tu esposa a la práctica de tiro?

Landon miró sorprendido a su hermano menor.

–¿A la práctica de tiro? ¿Mamá?

–Sí, y Beth.

Landon echó atrás la cabeza y soltó una carcajada. La imagen de Beth sedienta de sangre y resacosa sosteniendo un rifle en sus manos era muy graciosa.

–Bien –movió la cabeza con incredulidad y encendió el ordenador, decidido a ponerse a trabajar.

–¿Ya has averiguado cómo conquistar a tu esposa? –preguntó Garrett.

–Ahora estamos concentrados en Halifax.

Su hermano hizo una mueca.

–Nada excita tanto la libido de una mujer como oír hablar de su ex.

Landon agitó una mano en el aire.

–Largo de aquí.

Tenía cosas que hacer.

Un negocio que dirigir, un hombre al que destruir, un niño al que recuperar y una mujer a la que seducir.

–¿Lo ves, querida? Después de sostener un rifle y tirar ese haz de paja, ¿verdad que te das cuenta de que podemos hacer cualquier cosa?

Dos semanas después, Beth se hallaba de nuevo en la práctica de tiro.

Achicó los ojos contra el sol y un subidón de adrenalina le recorrió las venas. Bajó el rifle y respiró con calma. Había empezado a adorar a su suegra y sus visitas semanales a la práctica de tiro.

–Bueno, todavía no le he dado, Eleanor.

–Oh, pero veinte o treinta intentos más y las dos sabemos que ese haz de paja estará muerto.

Treinta segundos después, Eleanor apuntaba el rifle, disparaba y volvía a cargarlo.

–Landon es mi hijo mayor.

Disparó y volvió a cargar.

–Lleva solo mucho tiempo.

Disparó y volvió a cargar.

–Espero que eso no haya mermado su capacidad para mantener una relación.

Disparó. Bajó el rifle y se lo pasó a Beth.

Ésta apuntó, con los labios apretados por el esfuerzo.

–Es un buen hombre, Eleanor.

–Bueno –la mujer hizo una mueca–. Creo que él preferiría que tú lo llamaras otras cosas.

–Bueno, no estaremos casados eternamente –Beth

miró por la mirilla y apuntó–. Esto fue un acuerdo mutuo, potenciado por nuestro odio por el mismo hombre.

–Sí, sí, sí. Pero yo he visto cómo te mira mi hijo. Y no he visto odio en esos ojos. Y cuando tú lo miras a él, tampoco veo odio en los tuyos. Ni indiferencia.

Beth se ruborizó, apretó los dientes y apretó el gatillo. La bala salió volando, pero no dio en ningún blanco.

–Ayer charlé con tu madre –dijo Eleanor–. Hoy vamos a jugar a la canasta. Y a otras cosas… al juego de cómo emparejar a mi hijo con su hija. ¿No es divertido?

Beth arrugó la frente y la observó lanzar un disparo perfecto.

–Si tu habilidad como casamentera es tan buena como la de disparar, no, no tendrá nada de divertido.

Lo último que necesitaba Beth en aquel momento era a las madres de celestinas. Principalmente porque su esposo parecía ser el hombre más sexy del planeta y porque ella estaba resultando no ser tan frígida como su exmarido le había hecho creer.

La frustración de la espera la ponía nerviosa.

El lanzamiento de la página web de Kate había tenido un éxito moderado. Habían llegado ya algunos correos electrónicos y Kate y ella habían decidido añadir una sección de «Comparta su receta» a la página. Pero esas pequeñas satisfacciones no conseguían amainar su tumulto interior.

Landon Gage la tenía durmiendo sola en su cama imaginando cosas como que se colaba en su cama y le acariciaba el pecho y…

Apartó aquellos pensamientos y entró en la habitación de él cuando lo oyó llegar a la casa.

–Landon, nuestras madres van a jugar a la canasta.

–¿Y?

–Y… y creo que están conspirando contra nosotros.

–¿En qué sentido?

Beth lo miró desabrocharse la camisa y olvidó lo que iba a decir.

–¡Oh, olvídalo! ¿Qué tal el día?

–Agotador –él sacó algo del bolsillo–. Toma, para ti.

Ella miró el libro. Era un libro de cocina que no había leído.

–Gracias. No sé qué decir. Gracias por mí y por Catering, Canapés y Curry.

–Es un buen nombre. Supongo que se te ha ocurrido a ti, pues Kate lleva más de un año buscando uno.

La joven asintió, conmovida todavía.

Landon se acercó a ella y Beth se lamió los labios con nerviosismo. Él alzó una mano y le quitó una mota de la nariz.

–¿Has ido hoy a tirar?

Beth sintió una corriente eléctrica que empezaba en la nariz y acababa en los talones.

–Sí. Me encanta. Me siento muy… poderosa.

Él desapareció en el baño, abrió la ducha, volvió y se sacó la camisa desabrochada del pantalón.

–Tu madre y la mía intentan emparejarnos –dijo ella–. Están locas. Un matrimonio basado en un odio común –comentó.

Él asintió con la cabeza. Beth vio sorprendida que empezaba a quitarse el pantalón. Le cosquillearon los pechos.

–¿Qué más tenemos en común aparte de Hector?

Es decir… –se interrumpió porque él se había quedado en ropa interior y a ella le costaba trabajo respirar.

Landon permaneció un momento ante ella, sexy y cómodo. La miró con sorna.

–¿Te vas a quedar aquí observándome o me vas dejar darme un baño?

Beth retrocedió, abrió el picaporte con mano temblorosa.

–Me marcho.

–Cierra la puerta, Beth.

Ella fue a salir, pero se volvió.

–Landon.

Él se quitó los calzoncillos de espaldas a ella, y cuando lo vio desnudo, toda la sangre de ella pareció fluir hasta el centro de su ser, donde se acumuló formando un estanque de deseo. Se quedó sin aliento y el libro se le cayó de las manos.

–¿Sí? –preguntó él sin volverse.

Ella sacudió la cabeza para aclarar sus pensamientos.

–Esto no se me da bien, Landon. Yo… –se agarró al picaporte buscando apoyo–. Siento mucho lo de la noche de bodas. Mi vida quedó hecha pedazos cuando lo dejé –susurró– y sé que te dejaré a ti y quiero de verdad… estar preparada, ¿sabes?

Él tomó una toalla en el baño y se la envolvió alrededor de las caderas. Después se acercó a Beth y la tomó por los hombros.

–No, por favor, nada de besos.

Él dejó caer los brazos a los costados y cerró los ojos.

–Muy bien –se apartó apretando la mandíbula–. Muy bien. Avísame cuando estés preparada.

–¿Te has enfadado?

–No estoy enfadado, Beth, pero vete de mi habitación –le puso el libro de cocina en la mano y se alejó.

–Espera –lo llamó ella.

Él se volvió desde la puerta del baño.

–No eres tú, soy yo.

–No –repuso Landon–. Es él.

Cerró la puerta del baño y Beth permaneció un momento confusa. Fue a su habitación, se dejó caer en la cama, enterró la cara debajo de la almohada y lanzó un grito de frustración.

Si Landon creía que aquello tenía algo que ver con Hector, se equivocaba.

Era David el que la preocupaba. El que la mantenía encerrada en su habitación por la noche. David, que merecía un futuro estable y no vivir otro divorcio.

Se colocó de lado y pensó en su hijo. Cerró los ojos y lo imaginó durmiendo con su cara angelical. Y rezó para que soñara con nubes y dulces, con perros y gatos, con cualquier cosa menos el infierno que había entre su madre y su padre.

–Buenas noches, David, que duermas bien.

Beth sabía con seguridad que ella no lo haría.

Porque muy cerca de allí estaba Landon desnudo y solo.

Capítulo Diez

Pasaban las semanas, con cada día lleno de una extraña mezcla de compañerismo, de amistad creciente y contactos robados, de charlas de venganza y miradas preñadas de anhelo.

Esa mañana Beth tenía un vacío extraño en su interior. La bondad de él le hacía sentirse débil, esperanzada y conquistada cuando ella quería sentir furia y concentrarse en lo que importaba.

–¿Adónde vamos? –preguntó, apartando la vista del paisaje y mirándolo a los ojos.

Esa mañana de sábado Landon iba recostado en el asiento de atrás del Navigator, relajado con un pantalón marrón y un polo blanco. Sonrió un poco.

–He organizado que veas a David.

A Beth le dio un brinco el corazón.

–¿Lo has hecho? ¿Cómo? ¿Cuándo?

Hablé con la madre de uno de sus amiguitos del colegio. Hoy va a ir a jugar allí y he pensado...

Ella se cubrió la boca con manos temblorosas.

–¡Oh, Dios mío!

–Respira, Beth –él se inclinó hacia ella–. Es un poco arriesgado. Estamos violando los términos de la custodia, pero vamos a compensar a tu amiga con una cantidad generosa a cambio de su silencio, y siempre que David entienda que tiene que guardar silencio, no lo sabrá nadie. ¿Crees que podemos conseguirlo?

–Sí, claro que sí. David y yo hemos tenido siempre secretos con su padre. Él no se lo dirá.

¿Pero cómo se las había arreglado Landon para hacer aquello? Aunque eso no importaba. Lo único que importaba era que iba a ver a su hijo.

Al doblar una esquina, vio una casa familiar de ladrillo rojo. El césped delantero estaba bien cuidado y había un par de bicicletas en el suelo, a un lado del camino de la entrada. Vio a dos niños jugando cerca de los rosales y se le hinchó el corazón al ver al niño rubio.

El coche paró apenas un segundo después. Beth abrió la puerta y corrió por el asfalto hasta la valla.

–¡David! –gritó, cuando entró.

Él se volvió al instante con una pelota de béisbol en la mano.

–¡Mamá!

Apretó la pelota, pero no corrió hacia ella. Permaneció paralizado en el sitio, con vaqueros sueltos y una camiseta de rayas. Miró antes a su amigo Jonas, como si le pidiera permiso, pero éste se limitó a tender la mano para que le diera la pelota.

–Cariño, precioso mío –Beth se dejó caer de rodillas y extendió los brazos–. ¡Cómo te he echado de menos!

Él la abrazó y los ojos de ella se llenaron de lágrimas. David olía a champú, a hierba y a niño, y ella inhaló todo lo que pudo.

Cuando se le calmó el pulso, empezó a preguntarle lo que había hecho, le insistió en que su padre no podía enterarse de aquello si querían volver a estar juntos y se acordó de Landon, que estaba apoyado en el coche. Tomó a David de la mano y se incorporó para mirar a su esposo.

La expresión de éste era inescrutable, pero en sus ojos había emoción.

Beth acercó a David a la valla.

—Landon, éste es mi hijo David. David, éste es el señor Gage.

Se dio cuenta de que el hijo de Landon habría tenido la misma edad. Y de que él parecía estar reprimiendo el impulso de volver corriendo al coche.

—¿Es mi nuevo papá? —preguntó David parpadeando.

Beth le colocó la camiseta y le alisó el pelo.

—Es un amigo especial de mamá, amor mí. Y está haciendo todo lo posible para llevarte a casa con nosotros. Conmigo. ¿Tú quieres eso?

—Sí.

El hombre y el niño seguían mirándose. Landon tenía una mano en el bolsillo y la otra se movía nerviosa al costado.

David dio una patada a la hierba.

—¿Tiene caballos?

Beth lo abrazó sonriente. Estaba segura de que había crecido varios centímetros.

—Tiene dos perros grandes —repuso—. Tan grandes como leones. Te gustarán.

—La madre de Jonas me dijo que vendrías. No la creí, pero quería que fuera verdad. Dijo que podía hacerte algo y te he hecho esto —sacó un papel del bolsillo trasero de los vaqueros y lo desdobló. Era un dibujo de una nave espacial y estrellas que decía: *David y mamá*.

—Precioso. Comandante, esa nave parece peligrosa. ¿Y ese corazón grande es mío?

El niño asintió. Sonrió, mostrando que le faltaba

un diente. Beth le revolvió el pelo y miró a la casa. Mary Wilson estaba en la ventana de la cocina con el pequeño Jonas a su lado y los miraba con una sonrisa.

Beth la saludó con la cabeza y musitó:

–Gracias.

Landon se acercó por fin a la valla.

–Hola, David.

Le tendió el puño cerrado.

–Si lo golpeas, significa que somos amigos.

David frunció el ceño. No iba a ceder tan fácilmente.

–¿Puedo ver tus perros?

Landon no parecía saber qué decir. Seguía mirando al niño con una mezcla de confusión y dolor.

–Puedes montarlos como ponis si quieres –declaró Beth.

Aquello lo cambió todo. Su hijo miró a Landon con adoración.

–Vale.

Levantó la manita y golpeó el puño grande del hombre.

–Gracias.

Hacía unos minutos que habían dejado a David y Beth sentía ganas de abrazar a Landon, pero se contentó con juguetear con el botón perlado de la solapa de su chaqueta.

–Parecía contento de verte –musitó Landon.

–Sí –a ella se le contrajo el pecho al recordar cómo se le había iluminado la cara a David cuando le había dicho que pronto estarían juntos. El niño había preguntado cuándo una y otra vez.

Se dio cuenta con un sobresalto de que su muslo rozaba el de Landon, de que estaban sentados muy juntos y sería una grosería apartarse.

Sintió la necesidad de decir algo, pero no sabía por dónde empezar ni cómo organizar sus pensamientos.

Landon miraba por la ventanilla. Parecía muy grande y muy solo. Todas sus reservas con él parecían haberse transformado en sentimientos de admiración, respeto y deseo.

—Tu hijo… —empezó a decir.

—Nathan —la corrigió él.

—Nathan. ¿Tendría la edad de David?

Él asintió.

¿Era buena idea haber sacado ese tema? Él parecía estar pensando en eso, pero a ella le resultaba difícil hablar del niño y no decirle lo que sabía.

—Esto debe de ser duro para ti.

Él la miró.

—No tanto. Tú pareces muy feliz.

Ella se sonrojó. Apartó el rostro.

—No es fácil ser padre. Uno nunca imagina que será tan intenso.

Él hizo una mueca.

—Y sin embargo, en cuanto oyes su llanto y los miras a los ojos, ya te han conquistado.

—Eso es verdad —asintió ella.

Sonrieron ambos, y el silencio cómodo entre ellos se transformó en algo ardiente y sensual.

—Sabes —dijo Landon con tal suavidad que ella sintió el susurro como una caricia tangible—. Todavía no sé cuándo me conquistaste tú —echó a un lado la cabeza y la miró con los ojos de un hombre que sabía demasiado—. Quizá cuando viniste escupiendo fuego a pedirme ayuda. O cuando te veo mirándome como me miras.

Beth alzó una mano y bajó la cara.

–Landon, no, por favor.

Él le puso una mano en el hombro y le rozó el brazo con el pulgar.

–¿No qué?

–No me hables así.

Él se recostó en el asiento con aire perezoso y la observó con una calma impresionante. La luz del sol que entraba por la ventanilla creaba sombras juguetonas en su perfil.

–Pero a ti te gusta que te hable así.

Era cierto. Le gustaba. Pero negó con la cabeza con fuerza, poco dispuesta todavía a admitir nada.

Landon Gage no era un pilar en el que pudiera apoyarse al día siguiente, no sería una presencia constante en su vida. Había sólo aquellos… momentos. Momentos peligrosos, cargados de pensamientos peligrosos.

–No quiero… hacerlo.

–Ahora te has sonrojado.

–Porque estás flirteando.

–Flirteando –él soltó una risita–. Estoy siendo sincero con mi esposa.

Ella alzó los ojos hacia él.

–¿Y puedes decirme sinceramente que no intentas seducirme?

Él tardó un momento en contestar.

–Si intentara seducirte, ya lo habría hecho –se dio una palmadita en el regazo–. Estarías aquí ya. Y esta noche yo no dormiría solo… ni tú tampoco.

Ella no sabía qué pensar.

–¿Entonces esto es sólo un juego?

Él negó con la cabeza.

–Definitivamente, yo no estoy jugando.

–¿Entonces qué? –insistió ella–. ¿A qué viene esto? ¿Qué es lo que quieres de mí?

–¿De verdad quieres saber lo que quiero?

–Quiero saberlo, sí.

–Tu confianza. Antes de que me des nada más, quiero tu confianza.

Se miraron a los ojos. Los de él ardían. Beth luchó por combatir el impulso de besárselos. Bajó la vista hacia el bolso que llevaba en el regazo.

–¿Por qué crees que confío en ti?

–¿Confías?

Ella abrió la boca para hablar, pero se le adelantó Thomas.

–Señor, tengo órdenes de llevarlo a su despacho inmediatamente.

–Primero dejaremos a Beth.

Ella frunció el ceño.

–¿Ocurre algo importante en la oficina?

–No –repuso Landon.

–Si me disculpa, señor –Thomas carraspeó y la miró por el espejo retrovisor–. Hoy es el cumpleaños del señor Gage. En la oficina siempre lo celebran aunque él no quiera.

Beth lanzó un respingo de sorpresa.

–Es tu cumpleaños.

Su cumpleaños. El cumpleaños de su marido.

Y ella no lo sabía.

Apretó los labios con determinación.

–Thomas, acompañaré a mi esposo.

Landon no protestó.

Miraba la ciudad por la ventanilla como si aquello no fuera con él, pero tamborileaba con los dedos en el muslo.

Diez minutos después, cuando llegaron al edificio superior del *San Antonio Daily,* el ruido era ensordecedor. Ochenta personas o más circulaban por las oficinas. Había globos colgados del techo, las pantallas de los ordenadores mostraban felicitaciones y salía música de los altavoces. La gente llevaba gorros de fiestas.

A Beth le gustó saber que Landon era muy respetado y que su gente hacía eso por él. Eso hizo que se sintiera orgullosa de caminar a su lado.

–Tu gente te quiere –musitó.

Él la miró.

–¿Sorprendida?

–Admirada –confesó ella. En un impulso le apartó un mechón de pelo de la frente–. Pero nada sorprendida.

Aquello pareció complacerlo. La tomó por el codo y avanzaron juntos por la redacción.

Por supuesto, sus hermanos también estaban presentes. Julian John descorchó una botella de champán y lo sirvió en vasos. Luego tomó un trago de la botella y se la quedó. Garrett, vestido todo de negro, discutía con Kate sobre quién llevaría el gorro de fiesta que ella intentaba ponerle en la cabeza. Beth suponía que Kate no estaba haciendo el catering, sino que se hallaba allí porque era prácticamente de la familia y se había criado con los Gage después de que su padre, guardaespaldas de los Gage, muriera en acto de servicio.

Landon saludó a todos por su nombre y presentó

a Beth como su esposa. Le pasó un brazo por los hombros y ella se sintió tímida, pero cuando los demás volvieron a sus conversaciones y Landon se centró en ella, su nerviosismo desapareció como por ensalmo.

–Es una fiesta muy agradable –susurró.

Landon le acarició la barbilla con un dedo.

–Lo es todavía más contigo aquí.

Un escalofrío recorrió la espina dorsal de ella. ¿Qué pasaba entre ellos?

No dejaban de querer tocarse ni de mirarse. Para combatir aquello, Beth optó por alejarse al bufé de dulces y dejar a Landon con su madre.

–Nunca lo había visto sonreír como hoy –dijo la mujer mayor a la que le habían presentado como ayudante de Julian–. Al señor Landon, claro. Y todas las chicas y yo estamos de acuerdo en que es gracias a usted.

¿Landon sonreía gracias a ella? Aquella idea la conmovió de tal modo que no fue capaz de hablar. Miró los dulces y se metió un puñado de arándanos secos en la boca. Se volvió a buscar a Landon con la mirada. Lo deseaba. Lo admiraba.

Amaba su actitud, su fuerza, su dinamismo. Amaba sus ojos, su cara, incluso su modo de hacer muecas. Lo amaba todo de él.

¿Amor? Se le encogió el estómago. Quizá el amor era eso, la sensación ardiente y terrorífica que sentía siempre que veía a Landon o pensaba en él.

–¡Sopla, hermano! –gritó Garrett, cuando todos lo rodearon cerca de la tarta de tres pisos con un par de velas que mostraban el número treinta y tres.

Landon soltó una risita suave y se colocó al extremo de la larga mesa.

–¡Beth! –llamó Kate–. Ponte a su lado para una foto. No te va a morder –sacó la lengua y levantó la cámara–. Aunque no voy a decir lo mismo de la tarta.

Landon la miró desde su lugar en la mesa. ¿Era cariño lo que expresaban sus ojos?

Beth se acercó con el corazón latiéndole con fuerza.

–¡Vamos, hermano, pide un deseo!

Landon se inclinó hacia delante y sus ojos se encontraron con los de Beth por encima de las velas. Él sopló y ella se preguntó qué podía pedir un hombre que lo tenía todo.

«Me ha pedido a mí».

Aquella idea le resultaba irresistible. Casi podía oír cómo se derrumbaba la última barrera dentro de ella.

«Y quizá toda mi vida yo he deseado tener a alguien como él».

Algo los acompañó a casa.

Algo innegable. Una corriente eléctrica que saltaba de uno al otro y cargaba las terminaciones nerviosas de Beth cuando entraron en la casa silenciosa.

Subieron juntos las escaleras.

Una vez arriba, él le dio las buenas noches y Beth escuchó sus pasos alejándose por el pasillo.

Entró en su dormitorio decepcionada y revisó el contenido de su armario.

Tenía que hacer algo, nunca se perdonaría que las buenas acciones de él quedaran sin recompensa. No sabía de dónde había salido aquella determinación súbita, pero sabía que necesitaba a su esposo. Necesitaba mostrarle que su lealtad estaba con él, que contaba con su gratitud, su respeto y su deseo. Con su confianza.

Respiró hondo, se puso un camisón corto que no había usado nunca y, sin pensarlo mucho, fue al dormitorio de Landon.

La puerta estaba abierta parcialmente.

–Landon.

Él alzó la cabeza al oír su nombre y se miraron, Beth en el umbral y él en la cama con las mantas hasta la cintura, el pecho desnudo y bronceado y un libro en las manos.

Ella se humedeció los labios nerviosa y se obligó a cerrar la puerta.

–¿Has tenido un buen cumpleaños?

Landon dejó el libro a un lado.

–Gracias, sí. ¿Necesitas algo?

Beth pensó un momento en marcharse, pero se quedó, luchando por encontrar palabras.

«Ámame».

Landon esperaba en silencio. Suspiró.

–Beth, estoy colgando de un hilo en más sentidos de los que puedas imaginar. Si no es algo urgente, te sugiero que vuelvas a tu habitación.

Ella había insistido tanto en que mantuvieran las distancias que ahora se daba cuenta de que no sería fácil decirle que las cosas… habían cambiado. Todo había cambiado.

–Me gustaría dormir aquí.

Landon frunció el ceño confuso.

–¿Le pasa algo a tu cama?

«No me rechaces, por favor. No lo hagas».

–Está vacía.

Él soltó un gemido, se golpeó la cabeza en el cabecero y cerró los ojos.

–¡Ah, Beth! ¿Cómo puedo decir esto?

–Por favor, no me eches.

Landon maldijo entre dientes y rodó hasta el otro lado de la cama.

–Espera que me ponga algo, ¿vale? Y podremos hablar –saltó de la cama y se puso un pantalón de un pijama–. ¿Qué es lo que quieres de mí exactamente? –gruñó, acercándose.

Ella se mordió el labio inferior con incertidumbre.

–¿Un beso de buenas noches? –era lo máximo que se atrevía a pedir.

Él la miró con incredulidad.

–No como amigo ni como socio, como esposo –aclaró ella.

Él apretó la mandíbula con fuerza.

–¿Quieres que te bese tu esposo? –preguntó.

–Sí –ella le echó los brazos al cuello y se estremeció–. Por favor.

Él apoyó la cabeza en la de ella y emitió un ruidito.

–Ahora dime. ¿Quieres que tu esposo también te haga el amor?

Ella tardó un siglo en contestar.

Era un sueño, tenía que serlo, pero Beth resultaba demasiado real para ser obra de su imaginación. Landon nunca había pasado tanto tiempo sin sexo, pero no era sexo lo que ansiaba en ese momento, era aparearse con su esposa, encontrar esa unión, esa proximidad.

No sabía lo que ocurriría si la besaba. No sabía si podría parar.

Ella había pedido un beso, pero Landon quería que deseara más, que lo quisiera todo.

Bajó la cabeza y le rozó los labios con los suyos.

Ella tembló contra él.

–Landon –gimió débilmente.

A él le latió con fuerza el corazón. «Basta, basta, basta, idiota, estás perdiendo el control».

Pero ella lo deseaba. Estaba allí, ¿no?

–¿Lo quieres, Beth? ¿Quieres que te haga el amor?

Movió los labios encima de los de ella con las manos de ella en su nuca y las de él bajando por la espalda de ella.

–No pararé –dijo con voz ronca–. Te voy a tocar, te voy a lamer, te voy a desnudar y no pararé hasta la mañana.

Cuando ella se movió levemente en sus brazos, dándole la impresión de que quería tenerlo más cerca aún, él le recorrió los labios con la lengua de un extremo a otro.

–Dilo –susurró–. Dímelo.

–Sí –musitó ella.

Entrecabrió los labios y su lengua húmeda se enroscó seductora en torno a la de él. El deseo lo invadió como una marea de lava, y la necesidad que llevaba años embotellada allí salió a la superficie. La estrechó contra sí y la besó como sólo lo haría un hombre muy hambriento o muy desesperado. Su exploración inicial se convirtió en un festín. Una usurpación.

Los labios de ella se movieron con la misma impaciencia frenética que los suyos y él dejó que la dulzura de ella y su sabor a miel inundaran su boca hasta que la cabeza le dio vueltas. Había subestimado el poder de ella.

Beth gimió en su boca y él bajó las manos para agarrarle el trasero firme, la aplastó contra sí y le dejó sentir toda la fuerza de su erección.

–Landon –susurró ella.

Bajó la boca por el pecho de él y lo fue besando con voracidad. Landon se sentía mareado. Tenía todos los músculos rígidos por el deseo. La guió hacia atrás y ella cayó sobre el lecho con la piel luminosa a la luz de la luna y las sombras bailando sobre su cuerpo y dejando claro que el camisón era muy fino.

La erección de él empujaba con más fuerza, dispuesta a atravesar los pantalones.

–¿Has venido aquí a seducirme? –preguntó.

–Sí.

Ella se puso de rodillas y tiró de la cinturilla del pantalón de él. Pero Landon le puso una mano en el vientre y la obligó a retroceder de nuevo.

–Primero las damas.

Tiró de los bordes de las cintas que cerraban el camisón y deshizo los lazos uno por uno.

–Enséñame lo que es mío –dijo con suavidad.

Ella se llevó las manos a la garganta. Primero bajó un hombro del camisón y después el otro, dejando al descubierto los globos redondos de los pechos, el estómago plano y más tarde…

Él tragó saliva con fuerza.

–Quítatelo –gruñó.

Poco después ella estaba desnuda.

A él le palpitaba el cuerpo dolorosamente, pero vaciló antes de tumbarse sobre ella, no muy seguro de lo que harían sus manos, sabiendo que podía perder la cabeza tocándola. Ella se le había metido dentro. La había deseado desde el primer día e incluso había llegado a fantasear con tener una familia con ella. Una familia de verdad.

Le tomó las muñecas con gentileza y le subió las

manos por encima de la cabeza para poder verla en aquella luz tenue.

Ella lo miró con ojos brillantes de deseo.

Landon le sujetó las muñecas con una mano, deslizó la otra entre sus pechos y acarició los rizos sedosos de su monte de Venus.

—Quería tocarte —acarició los pliegues relucientes con un dedo y ella dio un respingo y se arqueó de placer.

Ella cerró los ojos. Él le introdujo un dedo y ella contorsionó la cara en una mueca de placer.

—Por favor. Tócame.

—¿Dónde? ¿Dónde, Beth? ¿Aquí? —le soltó las muñecas, le tomó un pecho y pasó el pulgar por el pezón.

—En todas partes —susurró ella.

A Landon le latía el corazón con tal fuerza que creía que se iba a romper una costilla, y la necesidad que sentía dentro le apretaba las entrañas.

—Beth —susurró. Le tomó la mano y la guió bajo la cintura de su pantalón—. Eso es para ti —pasó la lengua por uno de los pezones y ella acarició su erección—. Para darte placer.

Volvió la cabeza para succionar el otro pecho.

—Para mostrarte cuánto te deseo.

—Yo también a ti. Te deseo mucho.

Landon cerró los ojos, deslizó los dedos en el pelo de ella y la besó, la besó de verdad.

Ella era suya, nunca más pertenecería a otro. La súplica de sus ojos, el néctar delicado que le humedecía los dedos, todo confirmaba que ella era de Landon.

Se entregó entero en aquel beso.

***

El deseo que sentía por Landon la consumía. No podía recordar haber deseado nunca nada tanto.

Dio un respingo cuando él se soltó.

Landon le pasó la yema del dedo por el labio tembloroso.

–¿Éste es mi regalo de cumpleaños, esposa? –le acarició los labios y se inclinó a besarla con gentileza–. ¿Estos labios?

Ella cerró los ojos y ronroneó.

–Sí.

Él olía a colonia, a limpio y a deseo. Le rozó los labios y ella soltó un gemido. La mano de él bajó por su espalda, le agarró las nalgas y la apretó contra su erección caliente y dura.

–¿Tú eres mi regalo, Beth? ¿Tus pechos? ¿Tu cuerpo? –susurró con fiereza. La estrechó con más fuerza y le cubrió la boca con sus labios sin darle tiempo a contestar.

Ella se aferró a él y respondió al beso. Sintió los dientes de él en sus labios, mordisqueándolos con gentileza.

Gimió y le clavó las uñas en la espalda.

–Necesito ver… –murmuró él contra su sien.

Extendió el brazo y encendió la otra lámpara. La habitación se llenó de luz. Beth dio un respingo, se cubrió los pechos con las manos y cruzó las piernas.

Landon se apartó para verla bien.

–Quita las manos.

A ella se le encogió el estómago; le ardía la piel y las venas le palpitaban con calor.

–No mires.

–Quita las manos, Beth.

–¡Oh, por favor! –susurró ella, que sabía que no podría resistirse a él.

Él le tomó las muñecas y le apartó los brazos.

—Llevas semanas escondiéndote de mí. No te permitiré que sigas haciéndolo.

Ella se ruborizó y él le puso las manos en los pechos y le acarició los pezones con los pulgares.

—Quiero verte —bajó la cabeza—. Son preciosos —pasó los labios por un pecho—. Desde que te conocí...

Succionó el pecho y ella se estremeció.

—La guerra la hacemos bien, Beth. ¿Tú amas con la misma pasión que odias?

Ella se mordió el labio inferior y le acarició la nuca.

—No.

—No te creo.

Beth cerró los ojos. La embargó una oleada de pasión más fuerte que el odio, más fuerte que nada.

Él bajó la mano y se quitó los pantalones para quedar tan desnudo como ella.

Beth abrió mucho los ojos. El pene de él era enorme y poderoso.

—No te asustes —él le puso una mano en la nuca y la sostuvo prisionera para sus labios que descendían. Ella respondió al beso, ahogándose en un mar de éxtasis, encantada con el modo en que la erección de él le frotaba el estómago.

—Te he imaginado así muchas veces, Beth —él bajó la mano entre las piernas de ella y deslizó un par de dedos en su interior—. Te he imaginado húmeda... así. Empapada para mí.

Ella giró la cabeza en la almohada y lo apretó contra sí de modo que la erección prominente de él quedó entre sus muslos. Abrió las piernas.

—Por favor.

Él empezó a apartarse y ella lo sujetó con pánico.

–¡No!

–Calla. Sólo voy a buscar un preservativo.

Ella lo soltó sonrojada.

Él abrió el paquetito con los dientes y se puso el preservativo. Ella nunca había visto nada tan sexy como las manos de Landon cubriendo su erección.

–¿Qué? –preguntó él.

Ella se estremeció.

–Gracias por acordarte de eso.

Él la sentó en su regazo y le guió con las manos las piernas alrededor de sus caderas. La penetró despacio, totalmente, y lanzó un gemido. Succionó un pezón y ella sintió que el calor se esparcía por su cuerpo desenrollándose como una cinta larga. Oyó sus propios gemidos y sintió sus cuerpos moviéndose al unísono. Él tenía las mejillas muy calientes y el cuerpo de Beth sudaba y se estremecía como un arco tensado.

Ella no sabía que algo pudiera ser así, no sabía que existiera tanta unión, tanta pasión.

Las caderas de él se arqueaban en las suyas una y otra vez. Sus manos guiaban los movimientos de ella, que se balanceaba contra él. Más deprisa, más hondo, con más empeño.

Beth gritó y su cuerpo se abrió y cerró en torno a él. El calor se hizo más intenso y la presión de su vientre se volvió insoportable.

Ella gritó la primera, pero el sonido de él fue más grande. Y en ese instante sólo existían él y ella, ni guerra ni nadie más. Sólo Beth y Landon.

Capítulo Once

Quería verla.

Una noche, una reunión larga, tres llamadas de teléfono, una videoconferencia y dos cafés más tarde, Landon Gage quería ver a su esposa a media mañana.

Estaba en su despacho al lado de la ventana y recordaba cómo se había despertado abrazado a Beth menos de cinco horas atrás. Su cuerpo seguía teniendo hambre, era un animal que exigía cubrir todas las necesidades que llevaba años sin apaciguar. La deseaba otra vez.

Pero no quedaría satisfecho sólo con su cuerpo. Quería algo más.

La familia que le habían robado.

La confianza y el respeto de ella. Su amor.

Nunca había estado tan decidido a destruir a Halifax... como si ese solo hecho pudiera hacer realidad todos sus sueños.

Desde las nueve a las once se había encerrado con sus abogados y hermanos para revisar las pruebas que tenían contra Halifax hasta el momento. Mason, el experto en derecho de familia, le había asegurado que, con la confesión que había grabado Julian con la enfermera jefe de Halifax, tenían muchas probabilidades de ganar. Por no hablar de la cantidad de pruebas por fraude a Sanidad que tenían contra Hector. Éste traficaba con medicamentos con la ayuda de un contrabandista mexicano buscado por la ley, robaba a las compañías de seguros médicos duplicando sus reclamaciones y recetando medicinas caras y peligrosas a pacientes que no las necesitaban.

Era un estafador, un embustero y un embaucador.

Cuando terminaron la reunión, Landon intentó concentrarse en su trabajo, pero no podía dejar de pensar en la sirena que había dejado esa mañana en la cama.

Levantó el auricular y marcó el número de su casa. Martha le informó de que Beth había ido con Thomas al centro comercial y Landon llamó a su ayudante.

–Donna, voy a tomar un almuerzo temprano con mi esposa. Desvíame todas las llamadas.

Beth abrió la puerta del probador.

–Señorita, ¿tiene por casualidad una talla…?

La corbata Hermès de Landon estaba a dos centímetros de su nariz y Beth soltó un gritito y se cubrió como si estuviera desnuda. Retrocedió.

–¿Qué haces aquí? ¡Márchate!

–Tranquila –él entró en el probador, cerró la puerta y arrugó la frente mirando la falda y la chaqueta que ella se había probado–. Retira las manos, déjame ver.

Beth obedeció sonrojada y él recorrió su cuerpo con la vista. El traje era muy de secretaria, pero por el modo en que la miraba él, podría haber estado desnuda.

–Bonito –la miró con una mueca sarcástica–. Para una mujer que te doble la edad.

–Tengo que parecer respetable en el tribunal –le recordó ella.

–Puedes parecer respetable y joven –Landon miró el resto de la ropa que había en el probador.

–¿Puedo ayudarla con las tallas? –preguntó la vendedora desde la puerta.

Landon abrió la puerta y Beth oyó un respiro sobresaltado.

–Sí. Tráigale a mi esposa algo elegante, caro y único. No demasiado llamativo, bien cortado –miró a Beth–. ¿Qué talla?

–Treinta y ocho.

–Bien. ¿Algo más, señor?

Él observó la lencería blanca apilada en la silla del rincón.

–Y lencería –añadió. Levantó una braga de algodón–. Algo femenino y más pequeño que esto.

Beth no sabía dónde meterse. Landon se instaló en la silla y cruzó los brazos detrás de la cabeza. La vendedora volvió con distintas prendas de ropa. Beth no se atrevía a mirar los precios, pero los tejidos eran exquisitos y el corte sublime.

–Akris –dijo la vendedora, refiriéndose a un vestido de color crema con hombreras–. No querrá quitárselo. Es como una segunda piel y sienta muy bien –miró a Landon y sacó varios juegos de ropa interior de encaje–. Para su esposa.

–Déjelos aquí.

La mujer obedeció y preguntó a Beth si necesitaba ayuda para probarse el vestido.

–Es difícil de abrochar detrás –explicó–. Tiene muchas hileras de botones.

Landon había abierto una revista del montón que había en una mesita y fingía estar muy interesado. La vendedora procedió a ayudar a Beth a quitarse la chaqueta y la falda para que pudiera ponerse el vestido.

—Estoy acostumbrada a que los hombres casi nunca miren —murmuró en el oído de Beth.

—Sí, pero el mío es...

—Espectacular, querida. Las mujeres de fuera están esperando verlo bien.

Beth frunció el ceño. «¿Ah, sí?». Fingió una desenvoltura que no sentía mientras la mujer le abrochaba el vestido Akris y, cuando se volvió, se encontró con la mirada caliente y apreciativa de Landon.

—Y bien, ¿qué le parece? —preguntó la vendedora.

Beth se miró al espejo. El vestido le quedaba muy bien y hacía que pareciera que tenía más curvas de la que en realidad tenía, lo cual en su caso era algo bueno.

Pero la opinión que esperaban las dos mujeres no llegó.

Landon estuvo un rato callado y al final dijo:

—Déjenos, por favor.

Devolvió la revista a su sitio y a Beth le latió con fuerza el corazón cuando salió la vendedora. El vestido lo detallaba todo... los suaves montículos de los pechos, los pezones, las caderas...

—¿Te gusta, Landon?

Necesitaba oír su opinión, porque su mirada la confundía y sentía mariposas en el estómago.

Él le tocó la cintura, palpó la textura de la tela, subió la mano y acarició un pecho.

—¿Por qué te casaste con él?

A ella le costaba trabajo hablar.

—Ya te lo dije. Era joven y estaba embarazada. Y estúpida.

Mientras hablaba, él introdujo los dedos por el cinturón dorado de la cintura y la atrajo hacia sí. Cuando sus caderas se encontraron, sus labios también lo hicieron y ella sintió que él se excitaba contra ella.

Cuando terminó el beso, él suspiró con frustración y la soltó. Pero no retrocedió, sino que siguió atrapándola con su cuerpo. Llevó una mano a la espalda de ella y desabrochó un par de botones.

–¿Por qué él?

Beth se puso las manos a la espalda e intentó cerrar los botones, pero la mano de él estaba ya allí, acariciándole la piel. Vio la cara de él contorsionarse de deseo. Sintió sus celos, que ardían en sus ojos.

–Él… hizo algo amable por mí. Yo pensé que eso significaba que era una buena persona y era demasiado joven para comprender que no.

Él desabrochó dos botones más. Sus manos grandes sostuvieron las nalgas de ella.

–Que yo te compre ropa es algo amable, ¿verdad?

–Sí, tú me compras ropa bonita, gracias.

–Y sin embargo, sigo siendo el bastardo que te ayudará a destruirlo –la erección de él rozó la pelvis de ella y él la dejó allí y bajó la cabeza para lamerle el escote.

–Sí –susurró ella.

Landon le apretó las nalgas con más fuerza y la alzó en el aire. Colocó las piernas de ella a su alrededor, obligándola a abrazarlo con ellas mientras le colocaba la espalda contra la pared. Le mordisqueó la oreja y ella se estremeció.

–¡Landon, no!

La boca de él jugaba con la suya; se retiraba y volvía a acercarse. Ella le clavó las uñas en los hombros.

–¿Ves ese trozo de rojo ahí? –él señaló con la cabeza las perchas donde estaba la lencería.

–Sí.

Él le tocó la mejilla con tres dedos.

–Quiero saber que está debajo de este vestido.

–Landon, yo no…

–Di: «Sí, Landon». Es lo único que quiero que digas. Nadie más lo sabrá. Sólo tú y yo. Será nuestra venganza personal contra Halifax –bajó la cabeza–. Sal conmigo esta noche, los dos solos.

–Me estás invitando a una cita –susurró ella sin aliento–. Nuestras madres estarán encantadas.

–Me da igual lo que digan nuestras madres. ¿Qué dices tú?

Ella soltó una carcajada.

–Sí.

Él la besó en la frente antes de soltarla.

–Espero que estés preparada para mí.

La envió a casa con el vestido Akris y un juego de lencería roja y la mente llena de imágenes de lo que casi habían hecho en el probador de Neiman Marcus.

Ella pasó la tarde con la sección de «Comparta su receta» de la página web del catering. Cuando sonó el teléfono, no dudó en contestar.

–¿Sí? –preguntó con alegría.

–En la puerta del restaurante Maggiano, en el centro comercial RIM. Ven allí dentro de veinte minutos o te puedes olvidar de David.

Y Halifax colgó el teléfono.

Capítulo Doce

El miedo tenía un ritmo extraño. Lo ralentizaba todo, el tiempo y el modo en que la mente de Beth procesaba cosas. Todo excepto los latidos del corazón de Beth. No podía dejar que Thomas la llevara al restaurante, así que pidió el Navigator y dijo que quería ver a su madre. Odiaba mentir, pero tenía demasiado miedo para no hacerlo.

Llegó en diecisiete minutos, pero el miedo hizo que le parecieran años.

Fueron diecisiete minutos de tortura en los que imaginó lo peor… que enviaban a David a alguna parte, lejos de su alcance para siempre.

Fuera del restaurante italiano, a la sombra de un gran toldo verde, Hector encendió un cigarrillo y la observó cerrar la puerta del coche y acercarse.

Beth esperó a que hablara él primero, pues era muy consciente de su potencial de violencia.

–Has hablado con Gage –gruñó al fin Hector–. Está curioseando en mis asuntos. ¿Qué le has dicho, Beth?

–Bueno, es mi marido y hablamos –repuso con toda la firmeza de que fue capaz.

Él achicó los ojos y sonrió con frialdad.

–Tu jueguecito ya ha durado suficiente. Creo que es hora de ponerle fin, ¿no te parece? No me gusta lo que haces.

–El juego no ha hecho más que empezar –repuso ella–. Le he dicho cosas, Hector. Pero todavía no le he dicho que medicaste a su esposa hasta que no fue capaz de pensar con claridad.

Él abrió mucho los ojos y avanzó un paso amenazador.

–No te atreverás.

–¡Oh, sí me atreveré! –ella retrocedió un paso y Hector avanzó–. Va a por ti. Sabe lo que eres.

Él le agarró la muñeca con una mano y le echó su aliento de tabaco a la cara.

–Una palabra más y tu esposo…

–Tú no puedes hacerle nada –repuso ella con rabia–. Lo has intentado durante años y no puedes tocarlo.

La cara de él se contorsionó en una mueca terrorífica. Clavó las uñas en la piel de ella.

–Oh, sí puedo hacerle daño. Si me llevas a juicio, destruiré a Gage.

Ella rió con cinismo.

–¡Sí, vamos! Como si tú tuvieras ese poder.

Él la soltó con una sonrisa satánica. Beth se frotó la muñeca.

–Tú eres una Lewis –siseó Hector–. Una don nadie a la que es muy fácil aplastar. Y Gage… tiene escrúpulos y eso será su muerte. Así no se puede ganar una guerra. Tú jamás tendrás a David.

Ella respiró con fuerza. El miedo y la furia ardían en su vientre.

–¿Por qué lo quieres contigo? –gritó. Apretó el bolso contra el pecho para reprimir las ganas de golpearlo con él–. Tú no le haces ningún caso. ¿Por qué lo quieres contigo?

—Para que no lo tengas tú –la cara de él era una máscara de rabia y sus palabras puro veneno–. Oh, quizá te lo habría devuelto cuando hubieras aprendido la lección de lo que ocurre cuando me dejas. Pero después de lo de Gage, ya no –Hector la agarró por el codo–. A menos que te divorcies de él y vuelvas conmigo.

Ella encontró valor para soltarse y contestar:

—¡Vete al diablo!

Pero él volvió a agarrarla, y esa vez lo hizo con tanta fuerza que le cortó la circulación. Acercó los labios a los de ella.

—Mira detrás de ti, Beth. ¿Ves mi Lexus azul aparcado al lado de los robles?

Beth se volvió y vio a David. El niño apretaba la cara contra el cristal y las lágrimas rodaban por sus mejillas.

—¡David! –gritó ella con pánico.

Echó a andar hacia él, pero Hector la agarró por ambos brazos y la giró hacia él. Acercó mucho la cara a la de ella.

—El único modo de que puedas verlo, tocarlo y besarlo será que vuelvas conmigo. Que vuelvas a mi cama.

Beth le escupió a la cara, se soltó y echó a correr como un animal perseguido. Chocó contra el costado del Lexus e intentó abrir la puerta, pero no cedió.

—¡Mami! –oyó gritar a David dentro, asustado. Y a ella le partió el corazón oírle repetir aquella palabra una y otra vez como una letanía.

Se echó a llorar y siguió luchando con la puerta. Lloraba por él, por ella, por todas las madres.

Como no podía sacarlo, puso las manos en la ventanilla y gritó todo lo que pudo.

—David, pronto estaremos juntos. Te lo prometo. Lo prometo.

Entonces Hector se metió rápidamente en el coche, arrancó y se alejó llevándose de nuevo a su hijo.

Landon escribía en su ordenador cuando sonó el interfono.

–Señor Gage, el detective Harris quiere verlo –dijo la voz de Donna.

–Hazle pasar.

Se abrió la puerta del despacho. Harris era un hombre pequeño de cara anodina y vista afilada… el espía perfecto. Se sentó y sacó unos papeles.

–Su esposa ha salido mucho hoy.

Landon sonrió.

–Lo sé. Yo he estado con ella esta mañana.

–Pues esta tarde parecía tener prisa por llegar a una cita.

Landon lo miró perplejo.

–¿Y adónde ha ido?

–A reunirse con Hector Halifax –repuso Harris.

Dejó unas fotos sobre la mesa y a Landon se le contrajo el pecho hasta que no pudo respirar. Sonrió fríamente, pero por dentro sentía algo que no había sentido en mucho tiempo. Quizá nunca. Creyó que iba a vomitar.

–¿Ha ido a ver a Halifax?

–Desde luego.

Landon apretó los dientes con rabia.

–Creo que debe de haber un error.

Harris señaló las fotografías.

–Lo siento, señor Gage, pero ésas hablan por sí mismas.

Landon las miró y se le paró el corazón.

Se estaban tocando. Halifax la tocaba y Beth le dejaba. Los labios de él estaban... estaban sobre los de ella. ¿Qué era aquello? ¿Qué diablos era aquello?

–¿Ha visto usted esto personalmente? –preguntó.

–He tenido algunos puntos ciegos, señor, pues estaba dentro del restaurante. Pero estaban juntos y muy cerca. Como puede ver.

Landon lo veía.

–¿A qué hora? –preguntó.

–Esta tarde a las cuatro y media.

Landon cerró los ojos. La idea de aquel bastardo tocándola y de Beth esperando que profundizara el beso le daba ganas de romper una pared a puñetazos.

Había habido señales, campanas de advertencia. Le había dicho que no confiara en ella, que no la deseara. Y Landon no había hecho caso. El encuentro de ella con Halifax la noche de la fiesta de compromiso. Y su resistencia a acostarse con él.

Y él se había empeñado en construir algo con ella, algo que durara, algo que resultara especial en medio del odio y la furia.

¿Había imaginado lo que crecía entre ellos? ¿Era posible que fuera tan ciego? ¿Tan estúpido?

¿O Beth había pensado simplemente que podía convencer así a Halifax para que le cediera la custodia?

Pero Halifax usaría esa prueba contra ella.

Landon se frotó la cara con frustración y miró al detective.

–¿Mi esposa se ha ido con él?

–No. Cuando he salido del restaurante, ella entraba en su coche.

Pero después de haberlo besado. La furia tensaba

los músculos de Landon y le impedía hablar. Una vez más, el bastardo de Halifax pensaba que podía quitarle a su esposa.

Y Beth se había reunido con él. A pesar de sus advertencias y de lo delicado de la situación, había corrido a verse con el enemigo y relegado a Landon a un papel que había jurado que no volvería a interpretar: el de esposo engañado.

Beth esperaba en la sala de estar, oyendo caer la lluvia con los perros durmiendo en la chimenea.

Después de haberse mordido casi todas las uñas preguntándose cómo iba a contar su encuentro con Hector, se alegró tanto de ver entrar a Landon que corrió hacia él y lo besó en la boca.

–¡Gracia a Dios que estás en casa!

Landon la apartó tenso y ordenó a los perros que se apartaran.

Beth, atónita, lo observó acercarse al escritorio donde guardaba la agenda y dejar su maletín con un golpe seco.

–¿Hay algo que quieras decirme, Beth?

Ella lo miró.

Él sacó un sobre del maletín de piel, se acercó al pequeño bar y se preparó una copa.

–¿Te ha comido la lengua el gato? –preguntó.

–¿Pero qué te pasa? –preguntó ella, confusa–. ¿Y qué hay en ese sobre?

Él se acercó y se lo puso en la mano. Se sentó en la silla detrás del escritorio con la copa en la mano.

–¡Ábrelo!

Beth obedeció con manos temblorosas.

–¿Reconoces a la mujer de las fotografías, querida esposa?

Ella las miró y casi cayó desmayada.

Eran fotografías de Hector y ella hablando, discutiendo y besándose. Su garganta se llenó de bilis y tiró las fotos a un lado.

–No es lo que parece.

Landon sonrió con frialdad.

–Te prometo que no es lo que parece –dijo ella. Se acercó al escritorio y luchó por encontrar las palabras apropiadas–. Ha insistido en verme y yo tenía que saber lo que quería. Yo no lo he besado. Él ha acercado su boca a la mía. Landon, yo no lo he besado.

El rostro de él era inexpresivo, pero sus ojos ardían lo bastante para quemarla.

–¿Y qué quería, Beth? ¿A ti?

A ella le dolía hablar.

–Sí –«pero yo preferiría morir».

Fuera sonó un trueno. La lluvia golpeó los cristales y el aullido del viento resonó en la casa igual que la noche en que había muerto la primera esposa de Landon, la noche en la que Hector había abandonado a Beth para ir con ella; el tiempo había sido igual de tempestuoso y volátil aquella noche.

Beth sentía una tormenta peor formándose en su interior. Furia. Se adelantó y le puso un dedo a Landon en el pecho.

–¡Cómo te atreves a espiarme! ¡Cómo te atreves! Yo no he hecho nada malo. Yo no soy… no soy Chrystine. Mi hijo está con esa bestia. ¿Cómo puedes esperar que no haga nada?

Él se levantó y le tomó el dedo.

–¡Te dije que no te acercaras a él!

Ella levantó la barbilla desafiante.

–Soy madre y haré lo que haga falta por mi hijo. ¿Y tú qué, eh? ¿Me estás ayudando? ¿O buscas deliberadamente obstáculos para mantenerme cerca y satisfacer tu lujuria?

Él hizo una mueca.

–¿Así es como tú lo llamas?

–Eso es lo que es. ¿Cómo lo llamarías tú?

–Lo de anoche contigo no fue lujuria, Beth. Hice el amor contigo. ¡El amor, maldita sea!

–Pues discúlpame si a mí no me lo parece así –mintió ella.

Él emitió un ruidito de frustración y apartó la mano de ella como si le quemara. Beth movió la cabeza.

–Yo soy tu venganza, Landon. ¿Por qué no lo admites así? Una esposa por otra.

Había insistido tanto en acostarse con ella que estaba segura de que eso era parte de su guerra personal contra Hector.

Fuera se oyó otro trueno, ése más fuerte y cercano.

Landon se apartó de ella y se acercó a la ventana a ver llover.

–Entonces no me ha salido bien –musitó.

La tensión crecía entre ellos, negra como el alquitrán, en un silencio igual de negro.

El reloj dio la hora debajo de la escalera.

Ella miró la espalda de él. Estaba tan furiosa y al mismo tiempo tan enamorada que le dolía la garganta

–¿Por qué has dejado que te tocara? ¿Lo deseabas? –preguntó él con rabia.

–¡No! –gritó ella, sorprendida de que pudiera pensar así.

–¿Me has rechazado a mí todo este tiempo porque era a él a quien querías? ¿Anoche fingiste que era él? Cuando viniste a mí, ¿tú…?

–¡Basta, basta!

Él movió la cabeza.

–¿Por qué no confías en mí? –preguntó.

–Confío, Landon. Estaba asustada. Tenía que saber que mi hijo estaba bien. Toda mi vida he estado indefensa, he estado a su lado como una esposa buenecita. Ya no quiero ser más esa persona.

Él se volvió y la apuntó con un dedo.

–Tú ya no eres su esposa, Beth. Eres la mía. ¡Mi esposa! –gritó.

–¡Ya lo sé! –gritó también ella.

–¿Y no tengo derecho a saber que mi esposa se reúne con mi enemigo mortal? Yo juré protegeros a ti y a tu hijo. ¿Ese bastardo me quita a mi primera esposa y cree que puede quitarme a la segunda?

Ella respiró con fuerza. Comprendía por primera vez que él no estaba sólo preocupado por ella, sino también terriblemente celoso. Y hablaba de ella como si fuera su esposa de verdad.

–Estoy bien –dijo–. Y no iré a ninguna parte.

Hubo un silencio.

–Yo no lo he besado –repitió ella, a punto de quebrársele la voz–. Hector quería que… que volviera con él. Me he quedado paralizada al ver que David nos miraba desde el coche, pero te juro que él simplemente me ha hablado cerca de los labios, que no…

Landon lanzó un gruñido furioso y posesivo.

–Le he escupido –continuó ella, que no sabía cómo arreglar aquello–. Ha sido una sensación increíble… hasta que se ha ido con David.

Gimió al recordarlo y se abrazó el cuerpo.

–No lo he besado –insistió, mirando al suelo porque no podía soportar seguir mirando sus ojos acusadores–. Por favor, créeme.

–Esas fotos podrían usarlas contra nosotros en el tribunal si él las encuentra –dijo él en voz más baja que antes–. Ya te describió antes como una mujer perdida y volverá a hacerlo.

Ella hizo acopio de valor y lo miró a los ojos.

–Me da igual lo que piensen los demás siempre que tú me creas.

Él se metió las manos en los bolsillos como si no supiera qué hacer con ellas.

–Lo que tenemos que hacer es convencer al juez de que eres buena, Beth.

Ella lanzó un gemido y alzó las manos en el aire.

–¡El me amenazó! Me agarró. Yo me aparté cuando pude. ¿Qué querías que hiciera?

–Lo voy a matar.

Beth parpadeó atónita.

Landon maldijo y se acercó a ella.

–¿Te ha hecho daño? –preguntó

Beth contuvo el aliento mientras le desabrochaba la camisa. Él bajó la prenda por los hombros y brazos hasta que quedó colgando de las muñecas.

Ella permaneció inmóvil. Landon frunció el ceño y se pasó los dedos por el cuello, por los brazos y los codos. La piel no tenía marcas. Respiró aliviado y la miró.

Maldijo en voz baja y se apartó. Beth se ordenó apresuradamente la ropa. Nunca se había sentido tan fría, tan abandonada y rechazada.

–Yo también tuve un hijo –dijo él, con voz que iba

ganando fuerza a medida que hablaba–. Y si a ti te importara el tuyo tanto como dices, irías sobre seguro y te alejarías de Hector Halifax.

–¡Ni siquiera era hijo tuyo, Landon! –gritó ella, furiosa por las acusaciones y la ceguera de él. ¿Acaso no veía que estaba terriblemente enamorada de él? No había besado a Hector y lo único que quería esa noche era su apoyo, no sus acusaciones.

El silencio sepulcral que siguió a sus palabras se rompió un momento después con la voz de Landon.

–¿Qué has dicho?

Beth bajó la voz.

–Era hijo de Hector. No era tuyo.

Él apretó los puños y emitió un sonido bajo y terrible que cortó a Beth como un cuchillo.

Entonces ella se dio cuenta de lo que había dicho y de que el modo en que lo había dicho, con rabia, había ido destinado a hacerle daño.

–Landon, lo siento… –intentó tocarlo, pero él se apartó con una maldición–. Landon, no quería decírtelo así. Pero Hector pidió una prueba de ADN antes de fugarse con Chrystine y yo vi los resultados. El padre era él. Chrystine y él llevaban años juntos. Les encantaba darse celos. Se casaron con nosotros para que cada uno de ellos tuviera celos del otro. A Chrystine le gustaba restregarle por la cara que te había podido cazar y tú eras mejor partido…

Él soltó una risa fría y alzó una mano para detenerla.

–No digas nada más.

Beth guardó silencio con la cabeza baja. ¿Qué había hecho?

Tenía la garganta tan oprimida que apenas conseguía oír su propia voz, que sonó estrangulada cuando dijo:

–Entiendo que debería haberte dicho antes lo de tu hijo.

–Tú lo sabías todo este tiempo. Sabías lo de mi hijo y me has dejado creer… me has dejado hablarte de él y…

–¡Eso no supone ninguna diferencia! –gritó ella.

Él rugió y se golpeó el pecho con el puño.

–¡Para mí sí! –Landon lanzó una maldición.

Beth se encogió por dentro.

–Lo siento.

Sus ojos se llenaron de lágrimas por segunda vez ese día. No supo de dónde sacó valor para hablar.

–¿Dónde estamos ahora? ¿Nosotros? ¿David?

Él no la miró.

–Dije que te daría a tu hijo y lo haré.

«¿Y nosotros?»

Ella no podía volver a preguntarlo, porque en el fondo ya lo sabía. Oía la palabra «divorcio» tan claramente como oía los truenos.

Se habían vuelto enemigos.

Capítulo Trece

«Finge que me amas de verdad o por Dios que esto nos estallará en la cara».

Landon le susurró esas palabras al oído en el coche y Beth se estremeció. Tenía los nervios de punta a causa del miedo.

Había llegado el día que había estado esperando.

Cuando estuvieron en el lugar que les habían asignado en el tribunal, miró a su alrededor. Era la misma sala de su juicio anterior: un lugar impersonal y frío.

El sillón del juez permanecía vacío y su abogado revisaba sus notas. Su nombre era Mason Dawson, un abogado joven que ya tenía fama de despiadado y les había asegurado en todo momento que no perderían.

Beth rezaba para que fuera así.

La abogada de Hector estaba sentada en la mesa del lado opuesto y miraba de vez en cuando su reloj.

Los padres de Beth, Eleanor, Garrett, Julian, Kate y Thomas se habían instalado en los bancos.

Y al lado de Beth estaba Landon. Exudaba furia y testosterona.

Ella no podía evitar pensar en el vestido Akris que llevaba y la ropa interior que se había puesto debajo. ¿Landon intentaría descubrir si se había puesto la lencería roja que él le había dicho?

—Llega tarde —murmuró el abogado.

Entonces se abrieron las puertas y apareció Hector.

Parecía un hombre que acabara de tener un encuentro con un león rabioso y apenas pudiera tenerse en pie.

Avanzó tambaleándose, con una mancha oscura en la chaqueta verde oliva. Llevaba el pelo revuelto y la cara manchada de barro, como si acabara de pasar por un charco.

De camino a su mesa se limpió la chaqueta con la mano. Su abogada se levantó en el acto.

–¡Estoy bien! Sólo he tenido un contratiempo –miró en dirección a Landon.

Beth frunció el ceño. ¿Landon había tenido algo que ver con aquel contratiempo?

Landon se acercó más a ella y sus dedos se rozaron. Él prolongó el contacto y acabó por tomarle la mano.

–Tranquila –dijo con voz suave–. Tienes que parecer segura.

Apareció el juez, un hombre calvo con barba, mandíbula decidida y ojos claros.

–Señoras y señores, empieza la sesión. Preside el honorable juez Prescott. Todos en pie.

Al levantarse, la mirada de Beth se cruzó con la de Hector, que era muy fría. Ella adoptó también una expresión glacial.

Sus padres y el grupo de Landon cubrían los dos primeros bancos del lado de ellos. Presentaban un frente unido, formaban una familia respetable. Pero Beth no podía disfrutar con eso porque, sin el respeto de Landon, no se sentía una de ellos. Se sentía un fraude.

Como Hector.

–Señoría –dijo Mason–. Estoy aquí en nombre de mis clientes, Landon y Bethany Gage, para pedir la cus-

128

todia plena de David Halifax. Landon Gage es un ciudadano influyente de esta comunidad. Su esposa Bethany ha sido acusada en falso en el pasado y ha sufrido una gran injusticia. Es una madre a la que le han robado la oportunidad de ver a su hijo y participar en su educación.

Siguió una pausa dramática.

—Le suplico que considere quién es mejor tutor. Un padre que es sospechoso de estafa, un padre cuyo trabajo lo mantiene muchas horas fuera de casa o una pareja sólida formada por un hombre de negocios respetado y una madre cuya guía es indispensable para un niño de la edad de David.

Se retiró y la abogada de Hector abrió su intervención con una risita.

—Señoría, la reputación del doctor Halifax es inmaculada. Ha dedicado toda su vida al bienestar de los demás, especialmente el de su hijo. ¿Hay que castigar a un hombre por amar y proteger a su hijo de la negligencia de su madre? ¿Discriminar por estar soltero a un hombre que lleva un año cuidando solo del joven David? Teniendo en cuenta las numerosas aventuras amorosas que tuvo Bethany Gage cuando estaba casada con mi cliente, dudo mucho que dure su matrimonio con el señor Gage.

Los solicitantes, en ese caso Beth y Landon, eran los primeros en ser llamados como testigos. Beth caminó hasta el estrado con calma, se sentó concentrada y respiró hondo varias veces.

—Señora Gage, ¿cuánto tiempo estuvo casada con Hector Halifax?

Beth se concentró en la corbata de rayas de Mason.

—Siete años.

–¿Fue feliz durante esos siete años, señora Gage?
Ella se retorció las manos.

–Fui feliz cuando nació nuestro hijo.

Mason caminaba pensativo delante del estrado.

–¿Fue feliz el resto de esos años?

–No.

Mason se volvió a mirarla.

–No. Usted no fue feliz casada con Hector Halifax. ¿Puede decirle al tribunal por qué era desgraciada?

Beth, consciente de las miradas de todos, intentó buscar un punto de partida.

–¿La maltrató físicamente, señora Gage? –Mason esperó unos segundos–. ¿Fue infiel?

Ella aprovechó aquella frase.

–Sí, él fue infiel.

Mason lanzó una mirada en dirección al juez.

–Hector Halifax le fue infiel. ¿Cuándo decidió usted abandonarlo?

–Cuando me di cuenta de que él había querido a otra mujer todo el tiempo que había estado casado conmigo. Y cuando me di cuenta de que yo ya no lo quería más, quizá no lo había querido nunca.

–¿Cómo se tomó Hector su separación?

–Tuvimos varios intentos fallidos de separarnos, pero él me persuadió para que me quedara. Al fin me marché cuando David cumplió seis años. Hace poco más de uno.

–¿Sus métodos para persuadirla de que siguiera casada con él incluían el chantaje, señora Gage? ¿Quizá en la forma de estas fotos que presentó al tribunal durante la primera vista?

Beth vio unas fotos en manos de Mason y la humillación que sintió resultó casi abrumadora. Le revolvía el estómago pensar que Landon había visto esas fotos de ella abrazada con distintos hombres, aunque fueran falsas.

–Sí, eso fue una parte. Y por supuesto, también me amenazaba con quitarme a David.

–Señoría, ¿puedo presentar las fotos y el informe de un laboratorio que concluye que estas fotografías han sido manipuladas?

El juez recibió las fotografías y el papel del laboratorio y lo miró todo en silencio.

Mason continuó su interrogatorio, eligiendo preguntas que dejaran de relieve la buena madre que era. Una esposa entregada que no había sido debidamente apreciada por su primer marido.

Mason terminó el interrogatorio y le llegó el turno a la abogada de Hector. Beth se preparó para el ataque. La mujer se acercó con ojos brillantes, sin molestarse en ocultar que disfrutaba considerablemente con la ansiedad de Beth.

–Señora Gage, dígame una cosa. ¿Por qué se casó con Landon Gage? ¿Fue porque necesitaba limpiar su imagen o fue por su dinero?

Mason golpeó su mesa con la mano.

–¡Protesto, Señoría!

–Protesta admitida.

–Señoría –argumentó la defensa–, sus motivaciones para el matrimonio son como mínimo dudosas, sobre todo tan poco después de su divorcio del señor Halifax. Insisto en que la señora Gage nos dé una respuesta directa a una pregunta directa. ¿Por qué se casó con el señor Gage?

Beth esperó a que alguien protestara, pero nadie lo hizo.

–Permito la pregunta –dictaminó el juez con un suspiro–. Responda.

Beth buscó con la vista unos ojos grises familiares. En cuanto sus miradas se encontraron, el pecho le estalló de sentimiento.

–Lo amo –dijo, bajando la cabeza.

–Señora Gage, por favor, hable más alto. No hemos podido…

–Lo amo. Amo a Landon.

Landon se puso rígido como si la verdad fuera una mentira y la confesión una bofetada.

Beth lo miró y perdió toda esperanza de que la perdonara. Él tenía la mandíbula apretada y la mirada acusadora. Esa mirada destruyó la confianza que ella tuviera en sí misma. «Finge que me quieres mucho o por Dios que esto nos explotará en la cara», le había dicho él.

Él creía que estaba fingiendo.

–¿Usted dice que ama a su marido y, sin embargo, mi cliente habla de reconciliación?

Beth tenía el estómago tan alterado que creía que iba a vomitar.

–No hay reconciliación posible.

–Señora Gage –la abogada de Hector se acercó a su mesa y tomó unas fotos–. ¿Cuándo se hicieron estas fotos? Al contrario de lo que afirma su abogado de las anteriores, ésa es auténtica, ¿verdad?

A Beth se le cayó el mundo a los pies. Las fotos, por supuesto, habían sido tomadas en su encuentro con Hector delante del restaurante Maggiano. Observó ultrajada la foto de los labios de Hector a muy poca distancia de los suyos. Landon sabía que ocurriría eso. Se lo había advertido. Le había dicho que no fuera y ella le había prometido no hacerlo.

Y después había ido corriendo a reunirse con Halifax.

Landon había estado en lo cierto y ella se había equivocado.

Beth miró a la mujer a los ojos.

—Hector me llamó y me dijo que, si no acudía a un encuentro con él, no volvería a ver a mi hijo. Puede revisar los archivos telefónicos.

—En realidad, ya lo he hecho. ¿No lo llamó usted desde la casa del señor Gage la tarde de su fiesta de compromiso?

—¡Llamé a mi hijo! —gritó Beth. Se recuperó rápidamente y apretó los labios. Tenía que conservar la calma.

El interrogatorio continuó, con cada una de las preguntas golpeándola como una maza. ¿Había sido infiel a su vez? ¿Tenía pruebas de la supuesta infidelidad de su esposo? ¿Había escrito ella aquella carta de amor? ¡Una carta de amor! Una mentira, una prueba prefabricada como todas las de Hector.

Beth, por indicación de Mason, limitaba ya sus respuestas a un sí o un no. La mayoría eran que no. No a las infidelidades, no a la carta de amor, no a la reconciliación… hasta que la abogada se cansó y permitió que Manson llamara a su siguiente testigo.

Landon subió al estrado.

Beth regresó a la mesa y observó a su marido.

Mason mantuvo el interrogatorio breve, pero a Beth se le oprimió el corazón cuando la abogada de Hector empezó sus preguntas.

—Señor Gage, ¿tiene usted hijos?

—No —repuso Landon con rostro inexpresivo.

—¿Los ha tenido alguna vez?

Landon tardó un momento en contestar.

–Tuve un hijo.

–¿Y dónde está ahora su hijo, señor Gage?

–Murió cuando tenía diez meses.

El juez miró a Landon con simpatía.

–Dígame, señor Gage, ¿David es hijo suyo?

–Es hijo de mi esposa.

–¿Y de mi cliente?

–Correcto.

La abogada paseó pensativa delante del estrado.

–¿Cuándo conoció a su esposa?

Landon se lo dijo.

La abogada preguntó con sarcasmo:

–Después de tanto tiempo solo, ¿por qué decide casarse con una mujer con tan mala reputación?

Mason levantó el bolígrafo que usaba para tomar notas.

–¡Protesto, Señoría! Está calumniando a mi cliente.

–Admitida.

La abogada soltó una risita.

–Debo cambiar la frase. Señor Gage, ¿por qué se casó con Bethany Halifax?

Mason se puso en pie inmediatamente y golpeó la mesa con el puño.

–¡Protesto, Señoría! Insulta a la señora Gage con el uso deliberado de su antiguo apellido y debo pedir que eso no conste en actas.

–Admitida –declaró el juez.

La abogada apretó la mandíbula con determinación y se acercó más a Landon.

–¿Ama usted a su esposa, señor Gage?

Landon miró a Beth. Bajó la voz, y aunque su expresión era de indiferencia, sus ojos brillaban con intensidad.

–Sí.

Beth recibió aquella palabra como un bombazo.

–¿Qué sensación le produce esta foto, señor Gage?

Landon miró la fotografía que ella le mostraba, sin duda la misma que había enseñado a Beth.

–De rabia.

–¿Por qué siente rabia?

–Porque Halifax explota el hecho de que mi esposa quiere a su hijo y está dispuesto a llegar donde sea para chantajearla y hacerle daño.

La abogada parecía vagamente divertida, como si no pudiera saber de dónde sacaba Landon aquella idea.

–¿Odia usted a Hector Halifax, señor Gage?

La pregunta colgó un momento en el aire.

–¿Admite que odia a Hector Halifax y que haría lo que fuera por perjudicarlo? ¿Que haría lo que fuera por destruirlo?

Silencio.

Beth contuvo el aliento hasta que le ardieron los pulgares. Quería que él negara la acusación. Si no lo hacía, estarían perdidos. Pero conocía a Landon y sabía que él no mentía.

–Sí –dijo Landon. Y Mason maldijo en voz baja al lado de Beth–. Odio a Halifax y lo destruiré.

La abogada de Hector sonrió victoriosa.

–No hay más preguntas, Señoría.

El segundo día de la vista, Landon tomó de nuevo la mano de Beth para darle apoyo. Ella se esforzaba por controlar los nervios mientras que Landon parecía extrañamente tranquilo ese día.

Los hombres se habían encerrado en el despacho de Landon toda la noche anterior, y esa mañana el abogado le había susurrado a Beth:

–Ya lo tenemos.

Beth no tenía ni idea de lo que pensaban lograr ese día, pero cuando interrogaban a la enfermera jefe de Hector como testigo principal del carácter de éste, rezó para que así fuera.

Porque la enfermera hablaba como si el bastardo de su marido fuera un buen candidato a la canonización.

–Ha sido un buen padre, muy entregado a su hijo –decía.

Era una mujer de piel clara y poco maquillaje, con un moño en la nuca y que no llevaba ni un pelo fuera de su sitio. Tenía las manos cruzadas en el regazo.

Mason no parecía impresionado.

–¿Qué es exactamente lo que proporciona el señor Halifax a su hijo? –le preguntó–. ¿Dinero? ¿O tiempo, amor y consuelo como hacía su madre?

La enfermera jefe se mordió el labio inferior.

–Señoría –dijo Mason, cuando la mujer no contestó–. Quiero presentar esta prueba. Es una grabación de la testigo hablando.

Pulsó los botones de una grabadora y la enfermera abrió unos ojos como platos cuando se empezó a oír una voz muy parecida a la suya.

–*Oh, sí, es horrible a ese respecto. Es roñoso con el dinero, con los elogios, es roñoso con todo. Hacemos fotocopias de los historiales de los pacientes y las presentamos dos veces al seguro para cobrar. Yo sólo tengo que cambiar los nombres de los pacientes…*

En la sala resonaron murmullos atónitos.

–*Los pacientes son tan paranoicos que resulta risible. Si el doctor les dice que hay un medicamento milagroso que curará todos sus males, la mayoría lo acepta sin dudar. Son adictos a la marihuana médica que les ofrece el doctor. Es buenísima. ¿Quiere probarla?*

Los susurros en la sala escalaron hasta convertirse en voces escandalizadas.

–Dígame, señorita Sánchez –intervino Mason–. ¿Es usted la que habla?

–Protesto, eso no es relevante, Señoría –gritó la abogada de Hector con las manos sobre la mesa.

–Denegada –dijo el juez–. Siéntese, letrada.

Landon apretó la mano de Beth y la enfermera se movió incómoda en el asiento. Buscó a Julian John con los ojos y a Beth le confundió ver que su cuñado le guiñaba un ojo a la mujer.

–Sí, es mi voz –admitió la enfermera, lanzando miradas asesinas a Julian, al que no parecían importarle lo más mínimo.

–¿Y está hablando usted del doctor Halifax?

–Ah… Sí.

–¿Está diciendo que el doctor Halifax comete fraude al seguro para mejorar su estilo de vida mientras descuida el de su hijo?

–Ah, bueno…

–¿Estás admitiendo que el doctor Halifax lleva a cabo numerosas actividades ilegales en las que usted ha tomado parte?

–Pero yo sólo…

–Señorita Sánchez, ¿tiene usted conocimiento de primera mano de que el doctor Halifax lleva a cabo malas prácticas profesionales y receta marihuana médica ilegalmente?

La mujer bajó la cara como si quisiera enterrarla en su suéter.

—Sí.

Mason permitió que la respuesta resonara en la sala. Después asintió.

—No hay más preguntas, Señoría.

Cuando llamaron a Hector al estrado, el aire de la sala estaba cargado de hostilidad. Primero lo interrogó su abogada, que le hizo preguntas sobre su hijo, todas encaminadas a indicar que era un padre amantísimo.

Después le tocó el turno a Mason, que se levantó con expresión impecable. Alzó un papel para que lo vieran todos.

—¿Ésta es su dirección de correo electrónico, doctor Halifax?

Hector no se molestó en mirar el papel.

—Posiblemente.

—¿Sí o no, doctor Halifax? ¿Le envió usted este correo a una paciente suya, Chrystine Gage?

—Sí —asintió Hector de mala gana.

—¿Y en este correo, amenaza usted con no darle más recetas a su paciente a menos que ella haga lo que le ordena?

—Yo sólo…

—¿Amenaza usted a una paciente, sí o no?

—Sí —dijo Hector entre dientes.

Mason movió la cabeza con desaprobación.

—¿Qué medicina tomaba esa paciente?

—No me acuerdo.

—Señoría —Mason sacó otra prueba más—. Tenemos una receta del doctor Halifax para Chrystine Gage dos días antes de la muerte de ella, por un medicamento llamado Clonazepam. ¿El Clonazepam no se receta como ansiolítico y también como pastilla para dormir?

Hector guardó silencio.

—¿No es peligroso conducir cuando se toma ese medicamento?

Hector no contestó.

—El testigo tiene que responder —ordenó el juez.

—Sí, esa medicina se puede usar como somnífero —gruñó Hector—. No se recomienda conducir cuando se toma.

—Y sin embargo, ¿no fue eso exactamente lo que exigió usted a su paciente que hiciera? Que condujera hasta un aparcamiento solitario para reunirse con usted. ¿Y eso no tuvo como resultado un accidente en el que murieron la paciente y su hijo? Usted mató a un niño de diez años, doctor Halifax. Mató a una madre y a su hijo. ¿Y ahora cree que puede cuidar de su hijo?

—¡Protesto, Señoría!

—Denegada. El comentario del testigo es relevante. Conteste.

Hector miró a Beth con furia. Empezó a temblar.

—¡Tú! —gritó. La apuntó con un dedo—. Tú eres peor que yo. ¿Quién te crees que eres, malnacida?

El juez golpeó con su maza.

—¡Silencio!

El rostro de Hector se contorsionó de rabia.

—¿Crees que puedes venir aquí a humillarme?

—¡Letrada! O hace que se calle su testigo o los acuso a los dos de desacato —gritó el juez Prescott.

Hector guardó silencio, pero Mason no había terminado con él.

Mostró la agenda en la que aparecían los números de contacto de Miguel Gómez, el hombre que traficaba con la marihuana ilegal que Hector recetaba a sus pacientes. En la agenda estaban también los nombres de varios miembros de la prensa sobornados, que habían sido despedidos, no sólo por el *Daily* sino también por otros periódicos en cuanto éstos se habían enterado de sus actividades. Hector empezó tartamudeando negativas y acabó admitiendo sin querer todas las alegaciones de Mason.

Cuando bajó del estrado, parecía un loco inestable, que no estaba capacitado ni para ser médico ni para ser padre, mientras que Landon permanecía sentado al lado de Beth como la personificación del hombre de negocios respetable.

En un esfuerzo por recuperar posiciones, la abogada de Halifax llamó a una última testigo. Todo el caso dependía ahora de la niñera.

Anna subió al estrado y miró a Beth.

La abogada la interrogó y Anna empezó contestando a las preguntas con calma, pero no dejaba de mirar a Beth, como si estuviera inmersa en alguna batalla silenciosa interior. Sus respuestas se limitaban a un «sí» o un «no», pero las pronunciaba como si se las arrancaran a la fuerza.

Cuando le tocó el turno a Mason, éste empezó por las preguntas básicas sobre el papel de ella en la vida de David, pero la mujer miró a la familia de Landon y luego a Beth y dijo:

–No puedo hacerlo.

Mason se lanzó enseguida sobre aquel punto débil.

–¿Qué es lo que no puede hacer? ¿Seguir trabajando para el señor Halifax? ¿Seguir permitiendo esta injusticia?

–Todo esto. No puedo hacerlo más –los ojos de ella

se llenaron de lágrimas–. Me prometieron que viviría bien el resto de mi vida. Que eso sería una muestra de agradecimiento del doctor si declaraba. La niñera que declaró la otra vez ya no trabaja en la casa. Tomó el dinero que le dieron por declarar y se marchó. Y ahora sólo estoy yo. Me prometieron una buena educación para mi hijo, ¿entienden? Tiene casi la edad de David.

Se interrumpió y tragó saliva con fuerza.

–Pero no puedo soportar seguir viendo esto. Ese niño no debería ser castigado de ese modo. David necesita a su madre. Una niñera sólo puede darle cariño hasta un punto y su padre no le da ninguno. El chico necesita a su madre.

Los ojos de Beth se llenaron de lágrimas y buscó un pañuelo en el bolso.

Hubo murmullos en la sala. Hector se levantó y llamó embustera a la niñera. El juez golpeó con la maza y pidió silencio.

Durante el descanso, Beth se secó las mejillas y se sentó con Landon en un banco pequeño en el pasillo.

–Lo siento –dijo, apretando el pañuelo húmedo en la mano–. Tuvo que ser difícil para ti hablar de Chrystine y de...

–Nathan –susurró él–. Se llamaba Nathan.

Ella asintió con la cabeza. Le sonrió con agotamiento.

–Tú has hablado con Anna, ¿verdad?

–Nosotros hemos procurado que el tribunal supiera que Hector es una escoria, pero no hemos hablado con ella. Eso ha sido obra tuya. Está claro que te respeta.

Sus palabras parecían un cumplido.

Beth vaciló.

–¿Crees que ganaremos?

Él seguía con la vista clavada al frente.

–Ganaremos.

Ella quería decir algo, pero se sentía emocionalmente exhausta. Aun así, intentó bromear, aunque no sentía ninguna gana de reír.

–¡Qué suerte para ti! Pronto te librarás de mí.

Él la miró entonces y la inexpresividad de sus ojos la asustó. Su sonrisa vacía no mostraba ningún calor.

–No lo bastante pronto.

Cuando entraron en la sala unos minutos después, Beth seguía atónita. El juez volvió a su asiento y empezó a hablar. Dijo que Hector tendría que responder a algunas acusaciones muy serias en un futuro cercano.

Beth apenas escuchaba; seguía luchando por asimilar la amarga dosis de verdad que le había lanzado Landon. Estaba deseando librarse de ella.

–Otorgo la custodia a los solicitantes… y mi decisión se hará efectiva inmediatamente.

El veredicto penetró poco a poco en la mente de Beth. Vio que el juez se levantaba para marcharse y la reacción atónita de Hector. Vio que Landon y Mason se estrechaban la mano. Parpadeó y se levantó vacilante.

¿Habían ganado? ¿Tan pronto? Llevaba meses esperando y creía que aquella tortura duraría días y días. ¿Y ya habían ganado?

Lo demás sucedió como en una nube. Los abrazos de los Gage, de sus padres, de todos menos de Landon.

Fuera, después de una espera que le pareció eterna, Beth vio que se acercaba un coche y salía David. El niño corrió hacia ella con una sonrisa y otro dibujo en la mano. Ella miró a Anna, que les sonrió a ambos desde el escalón superior del tribunal.

–Anna, gracias –le dijo Beth con los labios. Se volvió a su hijo.

–¡Mamá!, mamá, he hecho un dibujo –no la besó ni abrazó inmediatamente, sino que le enseñó el papel y señaló las figuras dibujadas–. Tú, yo y el hombre de los perros. Mira.

A Beth se le encogió el corazón. El perro marrón gigante que había dibujado cubría casi media página, y el resto del dibujo contenía a David, Beth y a Landon tomados de la mano y subidos en el perro.

–Pero tesoro, el hombre de los perros...

No estaría mucho tiempo con ellos.

Se interrumpió porque se acercaba Landon.

–El hombre de los perros es más alto –improvisó. Se enderezó con tristeza. ¿Por qué cuando se cumplía un sueño tenía que destruirse otro?

Landon permanecía a su lado, pero ella era muy consciente de que no la tocaba.

–¿A casa? –preguntó él.

Beth tomó a su hijo de la mano.

–Estamos preparados.

Landon agachó la cabeza para mirar a David a los ojos, chocó el puño con él, los dos sonrientes, y le dijo:

–Tú puedes dormir en la habitación de Nathan.

Su generosa oferta hizo a Beth más desgraciada todavía. Porque ella sabía mejor que nadie el celo con el que Landon había conservado aquella habitación. Antes de saber la verdad sobre su hijo.

Thomas abrió la puerta del coche y subieron los tres, David contento, Landon silencioso y Beth dividida entre la alegría y la desesperación.

David y ella se abrazaron todo el camino.

Capítulo Catorce

Aquella noche la casa estaba en silencio.

Habían pasado cuatro meses y todos los días de vivir con una familia falsa habían sido una tortura.

Landon miraba por la ventana, pero no veía el césped de fuera. Estaba en su habitación solo. Solo con los papeles del divorcio. Nada podía llenar la sensación de pérdida y vacío.

Mask y Brindle se habían acostumbrado a dormir con David y estaban en el pasillo delante de la puerta del niño.

Y Beth...

No sabía dónde estaba ni lo que hacía. Apenas hablaban entre ellos. Sabía que trabajaba en el ordenador durante el día y que esperaba al lado de la ventana cuando David llegaba de la escuela. Sabía que dormía con la puerta entreabierta para oír si pasaba algo raro en la habitación del niño.

Llevaban ya cuatro meses viviendo con él y para Landon era como vivir con una bomba de relojería.

Le resultaba imposible explicarle a Garrett, que no dejaba de hacer preguntas, ni a ninguna otra persona, lo que sentía viendo a Beth todos los días, viendo a su hijo jugar en los jardines por la tarde. Su hijo, que tenía la misma edad que habría tenido Nathan.

En ese momento tenía todos los músculos tensos. Tenía que librarse de los dos. Hasta el momento no había podido celebrar aún su victoria sobre Halifax y la única razón era que Beth seguía todavía allí.

Landon se quitó la corbata y se la metió en el bolsillo del pantalón. Halifax respondía ahora a un montón de cargos y seguramente pasaría el resto de su vida en la cárcel. No sólo lo habían demandado las compañías de seguros por millones que no tenía, sino que además el fiscal lo había acusado de distribución de sustancias ilegales y de homicidio involuntario. Su situación era mala... tan mala como el dormitorio de Landon.

–¡Maldita sea!

Sin pararse a pensar, se quitó la chaqueta, se arremangó la camisa y fue en busca de su esposa.

Ella había intentado hablar con él varias veces, pero la sensación de traición que lo embargaba no dejaba sitio para escucharla ni para hacer nada que no fuera querer recuperar la vida que llevaba antes de ella y olvidar aquel matrimonio.

Encontró la puerta de su habitación entreabierta. La abrió más y miró el interior poco iluminado.

–¿Beth? ¿Podemos hablar?

Ella se cepillaba el pelo sentada ante el tocador, pero se detuvo al oírlo. Se volvió en la otomana con los ojos muy abiertos y los labios fruncidos.

–O sea, que ahora sí me hablas –se levantó–. Landon, lo que dije en el tribunal...

–No he venido aquí para hablar de lo que dijiste –la interrumpió él.

El dolor que expresaron los ojos de ella hizo que se arrepintiera de sus palabras, pero ella se recuperó rápidamente y él borró enseguida la idea de hacer por ella algo que no fuera lo que había prometido y ya había cumplido. Devolverle a su hijo.

Beth se mordió el labio inferior.

–¿Y de qué has venido a hablar, pues?

«Quería verte por última vez».

–He venido a decirte… –se interrumpió. Después de la sensación brutal en el tribunal, la sensación de confesar en una habitación llena de gente lo que no había admitido ni para sí mismo, todas las células de su cuerpo vibraban constantemente de anhelo por ella. Tenía que salir de allí antes de que hiciera algo de lo que se arrepintiera–. Olvídalo.

Se volvió.

–¡Landon!

Él se puso tenso y alzó un poco la cabeza.

–Es por el divorcio, ¿verdad? –preguntó ella.

Algo se quebró dentro de él, pero habría preferido morir a admitirlo. Asintió.

–Quería despedirme.

El día siguiente empezó de un modo normal, excepto por el sobre amarillo que Beth encontró en su mesilla. Landon debía haber entrado a dejarla por la noche y ella ni siquiera se había despertado.

Se le encogió el estómago. Era una despedida.

Durante la mañana se sintió aturdida. No conseguía decidirse a abrir el sobre, pero sabía lo que contenía. Acompañó a Thomas a llevar a David al colegio y luego llamó a su madre para decirle que ese día irían a pasar una o dos semanas con ella, hasta que pudiera alquilar una casita que había visto en Crownridge.

David echaría de menos a los perros. Beth pasó la mañana haciendo las maletas de los dos y mirando de vez en cuando el sobre amarillo, y por la tarde se marchó con David antes de que Landon volviera a casa, pero ni siquiera entonces se atrevió a abrir el sobre.

A la mañana siguiente se sorprendió mirándolo, dividida entre abrirlo o quemarlo en el fogón de la cocina.

—Tu padre dice que a Hector le echarán cadena perpetua y que tendrá que cumplirla. ¡Beth! ¿Me estás escuchando? No me gusta nadas verte lloriqueando. Tenemos que hacer algo sobre eso.

Beth estaba sentada en la vieja mesita del desayuno con el sobre al lado del plato.

—Te he oído —suspiró—. A Hector le echarán al menos treinta años. Lo siento, madre, pero no voy a fingir que me sorprenda. Ese hombre se lo merece.

—Habla más alto, hija. No llevo el audífono. Y deja de mirar ese sobre y ábrelo de una vez.

Había llegado el momento.

A Beth le tembló la mano con la que abrió el sobre.

—Esto estaba acordado, ¿vale? —dijo.

—¿Y bien? ¿Son los papeles del divorcio?

—Sí.

Beth los apretó contra el pecho como si fueran una declaración de amor. ¿Landon creía que iba a aceptar los papeles sin que le diera ninguna explicación?

—¿Puedo llevarme el coche de papá un rato? —preguntó en voz muy alta.

—Sí, por supuesto.

Beth salió corriendo y depositó el sobre en el asiento del acompañante.

Ahora que tenía su negocio en marcha, podía buscar una casa cerca de la escuela y comprar un coche. Volvería a empezar como siempre había sido su deseo. David y ella contra el mundo.

Pero antes vería a Landon.

***

Beth entró en el despacho de Landon con el miedo royéndole las entrañas y se sentó en una silla delante de su escritorio.

–He venido a traerte esto personalmente.

–No era necesario.

Beth se mordió el labio inferior y dejó el sobre en la mesa temblando.

–También quería devolverte esto –se quitó el anillo con el diamante minúsculo y lo arrojó sobre la mesa.

Landon se reclinó en el asiento y unió las manos detrás de la cabeza.

–¿Cómo estáis? ¿Cómo está David?

Ella sonrió trémula.

–David está muy contento. Gracias, Landon, has hecho lo que prometiste y has sido muy bueno conmigo.

–Si eso es todo –él tomó unos papeles y Beth captó el mensaje, pero no se movió.

–Kate me ha dicho que ahora eres socia en su negocio –comentó él.

–Ah, sí. Nos va muy bien en Internet con la publicidad que metemos en la sección de recetas.

–Bien. Muy bien, Bethany.

–Landon, ¿por qué hacemos esto? –preguntó ella–. ¿Por qué no quieres escucharme?

Él enarcó una ceja.

–Teníamos un acuerdo y los dos hemos cumplido nuestra parte.

–¿Y lo que pasó entre nosotros no…? ¿Vamos a fingir que no ocurrió?

–Beth –él hizo una pausa–. Yo espero… cosas de mi esposa –bajó la voz–. ¿Está mal que espere que seas leal conmigo y sincera?

Beth tragó saliva.

–¿Y si yo hubiera intentado protegerte? ¿Y si me has juzgado mal? Yo no soy quien tú crees. Si me dejaras demostrártelo…

Se levantó y dio la vuelta al escritorio. Él se puso rígido. La tomó por los hombros, pero no la apartó.

–Lo nuestro fue una mala idea. Creía que podría vivir sabiendo que antes habías sido de Halifax, pero no puedo. No puedo soportar la idea. No puedo soportar la idea de que me mientas.

Ella le puso una mano en el pecho.

–Landon, por favor.

–Beth –dijo él con voz ronca–. ¿A qué juegas?

Ella se apretó más contra él.

–Cuando te vi hace dos noches… creí que mi esposo venía a buscar su beso de buenas noches.

Él lanzó un gemido, la apretó contra la pared, atrapándola con su cuerpo.

–¡Maldita sea!

Bajó la boca, pero no llegó a besarla.

–¿Qué ocurre? –preguntó ella. Se apretó contra él, con sus senos pegados al pecho de él y los dos vientres juntos–. ¿Cómo puede estar mal esto?

–Yo no… –él abrió los labios y ella esperó el beso que dejaría todo aquello atrás. Pero no llegó–. No te deseo más –murmuró él con voz ronca.

La soltó.

–Adiós, señora Lewis.

Capítulo Quince

Landon recorría la ciudad con rabia y desesperación. No podía soportar volver a una casa vacía. Beth se había marchado y el alivio que él había asumido que le produciría eso no llegaba.

No podía dejar de pensar en ella, en lo que había dicho de su hijo de diez meses. En ella en su despacho, tan desesperada como el primer día, esa vez por algo que Landon ya no podía darle.

Condujo por la autopista y, cuando quiso darse cuenta, estaba en el cementerio de Mission Park. En la tumba de su hijo.

Miró las letras impresas en la lápida de granito. Nathaniel Gabe.

«No es hijo tuyo, es de Hector…».

Oírselo decir a su esposa había sido un golpe. Había sentido algo más que rabia y que desesperación. Se había sentido traicionado y violado.

Había ganado en el tribunal, pero la satisfacción por la victoria no había acompañado al éxito. Landon había perdido. Porque era una jugada cruel del destino que tuviera que amar algo de su enemigo. Era una jugada cruel del destino que quisiera a Nathan, aun sabiendo que no era hijo suyo, sino de aquel bastardo.

Nathaniel era un Gage.

Pasó una mano por la lápida. Jamás lo entendería. Había perdido a su esposa y a su hijo sin darse cuen-

ta y el accidente de su muerte había revelado la traición de ella. Llamadas telefónicas, mensajes, cartas...
años traicionándolo a sus espaldas. Pero jamás había
imaginado que habían salido antes de que él la conociera, antes de que se casara con ella.

Y ahora, después de habérselo quitado todo a Halifax, su consulta, su respeto y su libertad, Landon no podía disfrutar de la victoria. No podía volver a ser como
antes. Quería a aquel hijo, lo quería como suyo. Y el camino de la venganza le había abierto otras querencias.

Quería a Beth y al hijo que ella había tenido con
Halifax. A él también lo quería. Porque era de ella.

Un ramo de rosas blancas apareció de pronto sobre la tumba atado con un lazo blanco. Landon alzó
la vista y suspiró.

Su madre estaba ante él.

–¿Qué haces aquí? –preguntó Landon.

–Vengo todas las semanas. ¿Por qué no voy a venir
a ver a mi nieto? –acarició el nombre con la mano y
Landon bajó la vista.

–No es mío, madre.

Ella lo miró con expresión impenetrable.

–Siempre te ha tocado a ti tomar las decisiones di-
fíciles en la familia. Y creo que te has acostumbrado
tanto a hacerlo que ya no puedes creer que nada sea
bueno y sencillo.

–En mi vida nada ha sido bueno o sencillo.

–Pero sí lo es. Beth se enamoró de ti y tú de ella. Es
bueno y es sencillo.

Landon no contestó inmediatamente. Lanzó una
ramita al aire.

–No sé si me quiere. Ya no estoy seguro de qué parte fue real y cuál no.

–Yo sé por qué luchabas tú, Landon. Tú nunca has sido vengativo. Siempre has hecho lo más honorable. Tú no luchabas por venganza, luchabas por una familia, la familia que te mereces. Una mujer te llegó al corazón aunque tú no querías y luchabas por ella. ¿Te vas a rendir ahora que vas ganando?

Él pensó en Beth y en sus pestañas brillantes por las lágrimas.

Y entonces supo que no tendría ninguna otra familia excepto la que ya había afirmado ante el mundo que era suya.

Exactamente un mes después de mudarse con sus padres, Beth se pasó una mano por la frente sudorosa y suspiró de satisfacción mirando su nueva casa. Sólo quedaban cinco cajas cerradas, apiladas ordenadamente a un lado del pequeño vestíbulo.

Terminaría la tarea en menos de una hora.

Abrió la puerta con un suspiro para comprobar que no quedaban más cajas en el porche y frunció el ceño al ver una pequeña.

Era una cajita marrón situada encima del felpudo en la que había escrito: *Bienvenidos.*

Beth no recordaba haberla visto antes.

La abrió con curiosidad y se encontró con una agenda negra nueva exactamente igual a la que los había unido a Landon y a ella.

Beth abrió la primera página con cautela, temerosa de lo que podría encontrar.

Su corazón dejó de latir. En la primera página había una nota escrita con la letra de Landon.

Landon Gage es tonto.

Beth alzó la vista y lo vio. Estaba en el primer escalón del porche, atractivo y viril.

Beth parpadeó. Esperó a que él dijera algo.

Landon se apoyó en la balaustrada del porche y la miró serio.

–Hola.

Beth apretó la agenda contra su pecho.

–Hola, Landon.

Él se acercó un paso más.

–Hay un hombre del que necesito que te vengues. Es un imbécil que ha estado a punto de cometer el mayor error de su vida.

Beth casi no podía hablar por efecto de la emoción.

–¿Y para qué es la agenda? –preguntó.

–Es para la venganza –él arrugó la frente y se acercó un paso más–. Ese hombre merece un castigo y no conozco a nadie que pueda torturarlo mejor que tú.

–¿Torturarlo? –a ella le subió un poco más la temperatura.

Él asintió levemente con la cabeza.

–¡Ajá! Necesito que lo mires a los ojos todos los días para que recuerde lo que estuvo a punto de perder por idiota. Necesito que seas despiadada, que no tengas compasión con él y, sobre todo, quiero que le hagas pagar por ello. Es cuestión de venganza. Y este hombre te la súplica.

Ella no rió. Sabía por lo tenso que estaba él que decir aquello le costaba mucho en términos de orgullo y ego.

Landon le suplicaba a ella.

–Parece un buen plan –contestó.

Permaneció en su lugar en el umbral de la puerta, sin saber qué hacer a continuación. El corazón le latía a un kilómetro por segundo y tenía que esforzarse por respirar.

—Pero hay un problema.

Él se puso rígido.

—Un problema —repitió.

Ella respiró hondo.

—Un gran problema —se acercó a él.

Landon la miró a los ojos y se pellizcó el puente de la nariz.

—¿Qué clase de problema?

Beth apenas podía hablar.

—Que ya no me queda más odio. Últimamente sólo tengo un sentimiento, aparte de tristeza, y tengo tanto que no sé qué hacer con él.

Landon se acercó un paso a ella, el último paso.

—¿Y qué es lo que sientes? —estaba a pocos centímetros, alto y paciente.

Beth quería tocarlo, pero por el momento le faltaba valor.

—Ya he dicho que no sé qué hacer con ello.

Landon le puso las manos en las mejillas y le acarició las sienes con los dedos.

—Te amo, señora Gage —inhaló hondo y apoyó la frente en la de ella—. Te amo y quiero que me digas que tú me amas a mí y sólo a mí.

Beth lo amaba. No podía amar a ningún otro.

No se conformaría con algo que no fuera él.

—En el tribunal dije la verdad —se puso de puntillas para besarlo en los labios—. Te amo.

Él soltó el aire como si llevara mucho tiempo reteniéndolo.

—Lo siento —murmuró roncamente contra ella—. Siento haber sido tan tonto.

–Yo siento no haberte dicho lo de Nathan.

–Yo siento que te casaras con ese bastardo.

–Y yo siento haberlo conocido. Pero quizá… –ella sonrió–. Quizá nos ha juntado él, ¿no?

Landon también sonrió.

–Lo único bueno que ha hecho en su miserable vida. Beth, te necesito. Necesito a mi esposa. Cásate conmigo otra vez, esta vez de verdad. Sin agendas ocultas. Sólo dos personas que quieren pasar juntos el resto de su vida.

Beth le tomó los hombros y lo besó. Lo besó con fuerza y él respondió con un hambre fiero, y ella apenas podía respirar y acabó jadeando.

–Nuestro primer matrimonio fue más real que ninguna otra cosa en mi vida. Yo no quería divorciarme.

Landon sacó un rollo de papeles del bolsillo de atrás, los rompió y dejó que los pedacitos cayeran sobre el porche.

–Pues no lo haremos –señaló la casa–. ¿Necesitas ayuda para recoger tus cosas?

–Acabo de colocarlas.

–¿Me enseñas la casa?

Ella se echó a reír.

–Yo sé lo que quieres, señor Gage –volvió a besarlo–. El colchón llegará luego.

Él entró con ella, cerró la puerta y la abrazó.

–No necesitamos colchón, sólo necesitamos empezar de nuevo. Seguro que disfrutarás quemando este contrato prenupcial –sacó otro rollo de papeles de detrás de él–. Redactaremos otros.

–¿Para hablar de nuestras intimidades con tus abogados? No, gracias.

–Para hablar de mis millones y de lo que quieres.

Beth tomó el acuerdo prematrimonial y lo partió en dos.

–Sólo te quiero a ti porque tú eres tú y por ninguna otra razón.

Él sonrió y le apretó la mano.

–Eso es lo más sexy que he oído jamás.

–Pues espera a ver la ropa interior roja que llevaba en el tribunal.

Landon la besó en la boca con pasión y luego bajó los dientes por el cuello de ella y por su hombro y le alzó la camiseta.

–No me importa nada la ropa interior roja, me importa lo que hay debajo. Me importa cuándo puedo tener a mi esposa desnuda.

Beth se abrazó a él y lo besó por todas las veces que no lo había besado.

–Soy toda tuya, Gage.

En sus brazos

YVONNE LINDSAY

Debido a la maldición de su familia, el magnate Reynard del Castillo se vio obligado a comprometerse con una mujer con la que nunca se hubiera casado, Sara Woodville. Sara era hermosa, pero superficial, y no había una verdadera atracción entre ellos. Sin embargo, un día la besó y encontró a una mujer totalmente diferente, una mujer que le despertaba una pasión primitiva, una mujer que… no era Sara. En realidad, la hermana gemela de Sara, Rina, accedió a hacerse pasar por su hermana de forma temporal, pero jamás pensó que llegaría a enamorarse de su apuesto prometido.

Cambio de novias

Acepte 2 de nuestras mejores novelas de amor GRATIS

¡Y reciba un regalo sorpresa!

Oferta especial de tiempo limitado

Rellene el cupón y envíelo a

Harlequin Reader Service®
3010 Walden Ave.
P.O. Box 1867
Buffalo, N.Y. 14240-1867

¡Si! Por favor, envíenme 2 novelas de amor de Harlequin (1 Bianca® y 1 Deseo®) gratis, más el regalo sorpresa. Luego remítanme 4 novelas nuevas todos los meses, las cuales recibiré mucho antes de que aparezcan en librerías, y factúrenme al bajo precio de $3,24 cada una, más $0,25 por envío e impuesto de ventas, si corresponde*. Este es el precio total, y es un ahorro de casi el 20% sobre el precio de portada. !Una oferta excelente! Entiendo que el hecho de aceptar estos libros y el regalo no me obliga en forma alguna a la compra de libros adicionales. Y también que puedo devolver cualquier envío y cancelar en cualquier momento. Aún si decido no comprar ningún otro libro de Harlequin, los 2 libros gratis y el regalo sorpresa son míos para siempre.

416 LBN DU7N

Nombre y apellido	(Por favor, letra de molde)	
Dirección	Apartamento No.	
Ciudad	Estado	Zona postal

Esta oferta se limita a un pedido por hogar y no está disponible para los subscriptores actuales de Deseo® y Bianca®.
*Los términos y precios quedan sujetos a cambios sin aviso previo.
Impuestos de ventas aplican en N.Y.

SPN-03   ©2003 Harlequin Enterprises Limited

La pasión que había entre ellos era tan fuerte,
que podría durar toda la vida

El príncipe Alaric de Ruingia era tan salvaje e indómito como el principado que gobernaba. Las mujeres se peleaban por calentar su cama real, pero él siempre se aseguraba de que ninguna se quedara en ella más de lo debido. Entonces, llegó la remilgada archivera Tamsin Connors, con sus enormes gafas, y descubrió un sorprendente secreto de estado…

Tamsin consiguió captar la atención de Alaric, que se sintió atraído por su pureza y enseguida la nombró ¡amante de su Alteza! Tenía que ser sólo un acuerdo temporal porque su posición lo obligaba a un matrimonio de conveniencia…

El príncipe indomable

Annie West

Como en los viejos tiempos

TESSA RADLEY

Habían transcurrido cuarenta y nueve días con sus noches desde que Guy Jarrod acarició a Avery Lancaster por última vez. El exitoso hombre de negocios estaba convencido de que Avery era una cazafortunas, pero la deseaba. Y como estaba obligado a trabajar con ella durante el festival de vino y gastronomía de Aspen, tendría una oportunidad perfecta para saciar su deseo.

Se acostaría con ella y la sacaría de su vida para siempre. Pero cabía la posibilidad de que Avery no fuera lo que le habían contado. Si era inocente, corría el riesgo de convertir a la mujer que podía llegar a ser su esposa en una simple amante.

Nunca dejó de desearlo